TAKE
SHOBO

有能宰相の公爵閣下は高慢というウワサの令嬢を溺愛しています

藍井 恵

Illustration
Ciel

JN042886

蜜猫
MitsuNeko

contents

イラスト／Ｃｉｅｌ

有能宰相の公爵閣下は
高慢というウワサの令嬢を溺愛しています

プロローグ

この世界には稀《まれ》に、人の心を読める者が現れる。

ただし、心の全てを読めるわけではなく、あくまで『痛み』や『喜び』など、ある感情に限られて発揮される能力《ギフト》だ。

そのような能力を持つ者は、国民からは神の代行者のように尊敬され、王室からは手厚く庇《ひ》護《ご》される。

『痛み』がわかる者は、幼児が病気になったときに病態の代弁ができるし、『喜び』がわかる者は、外国の使節団の真意を知ることができ——と、国に恩恵をもたらしてくれるからだ。


まさに今、王宮の謁見室に足を踏み入れた十八歳のエンフィールド伯爵令嬢アデルもまた、希少な能力者のひとりなのだが、まだ自分にそんな能力があるとは気づいていない。

アデルは、ただ目の前の光景に眺め入っていた。

謁見室は広間と言っていいほど大きな部屋で、白い壁も調度品も黄金の装飾に彩られ、高い天井には神々や天使が描かれていた。

立ち並ぶ侍従や衛兵は皆、正装をしていて、この謁見室を飾る花々同様、国王の栄光を盛り立てるのに一役買っている。

王宮に初めて来ただけでも緊張しているというのに、アデルはこれから国王に拝謁するのだ。

左右を両親に挟まれたアデルは、コチコチになりながらも笑みを作り、玉座まで続く赤絨毯《じゅうたん》を進んでいく。

――裾が長すぎなのよ！

この日のためだけに作られた、黄金の刺繍《ししゅう》入りの白いサテンドレスは裾が後方に広がっていて、アデルはそれを引きずって歩いていた。

とにかく転ばないようにと、いつになくしずしず歩いているのに、頭上の大きな白い羽根飾りがゆらゆら揺れる。

――鶏にでもなった気分だわ。

ようやく玉座の前まで来て、アデルが顔を上げたとき、アデルの瞳を最初に捕らえたのは、玉座に座る若き国王ではなく、少し離れた椅子に腰を下ろす、宰相にして彼のいとこであるファルコナー公爵ブルーノだった。

そのときアデルは、稲妻に打たれたような衝撃を受けた。

──こんなにきれいな男性がこの世にいるの⁉

美しいだけではない。ブルーノは前《さき》の国王の甥《おい》で、齢《よわい》三十にして『王室の守護神』と呼ばれるほどの実力を兼ね備えている。

彼は、宰相だった父親が亡くなった二年前から、その遺志を継いで国王を補佐し、政治を執り行ってきた。

しかも、警察大臣を兼任し、王宮内でも特別に帯剣が許されている。

『王室の守護神』というふたつ名の通り、国王を守護しているのだ。

──美形という噂《うわさ》は聞いていたけど……。

この世にこんな完璧な造形の男性がいるのか、というぐらいの美丈夫だった。女性との噂が絶えないのも納得である。

髪は幻想的な銀髪。蒼穹《そうきゅう》のような青い瞳は意志の強さを感じさせ、鼻は筋が通っていて高く、薄めの唇は引き結ばれ、広い肩幅が精悍《せいかん》な印象を与える。

『守護神』と呼ばれる所以《ゆえん》は、この神々しい外見にもあった。

アデルはブルーノの存在感に圧倒され、目が離せなくなる。

ブルーノの視線が両親からアデルに移ったとき、彼と目が合った。

──私を見てくれた！

だが、そんなのは一瞬で終わりだ。彼の瞳はすぐに、宙を見るような眼差《まなざ》しになった。

——謁見に来た伯爵家の三人を一通り見て終了って感じね。

社交シーズンの始まりに、今季デビューする令嬢とその両親が王宮に集い、順繰りに国王に謁見する決まりとなっている。ブルーノにしたら、ひとりひとりの令嬢に反応などしていられないだろう。

そもそも彼が噂になるのは、成熟した美女ばかりだと聞く。

アデルは気を取り直して国王に目を向けた。

国王マーティンは、黒髪に、はしばみ色の瞳で整った顔立ちをしている。

二十一歳という若さで即位し、それから三年経《た》つが、まだ独り身だ。なので、この謁見を『国王との集団見合い』と揶揄《やゆ》する者もいる。

だが、これが見合いなら、接見する人間は国王ひとりに絞ったほうがいい。

マーティンも美男子の部類に入るとはいえ、横にブルーノに座られては霞《かす》んでしまう。

とはいえ、男性の魅力は美しさだけではない。

国王は独身で若いのに浮いた噂もなく、顔つきも内面も誠実そのもので、結婚相手としては最高なのである。

巷《ちまた》では、結婚するなら国王、愛人になるなら宰相と言われているそうだ。

一通りの挨拶が終わると、マーティンがアデルにこう問うてきた。

「祖母上《おおばうえ》には、幼児の望みがわかる能力《ギフト》があったそうだが、アデルにも何かあったりしないのか？」

これはよく聞かれることだ。能力は遺伝的なところも大きい。現にアデルの父方の血筋にはここ百年でふたり、能力者が生まれている。

「残念ながら私は恵まれませんでした」

「能力というのは成人してから気づくこともあるようだから、まだわからぬぞ」

マーティンが冗談めかしてそう言った。

それを受けてブルーノが可笑《おか》しげに微笑《ほほえ》む。笑顔まで優雅なのはさすがだ。

「陛下が一歳のとき、祖母上のおかげで泣いている訳がわかったことがあるんですよ。ブランケットを以前のものに戻してほしいって、そんな理由だなんて誰も思ってもいませんでした」

マーティンが照れを隠すようにこう抗議した。

「その話は母上から耳にたこができるくらい聞いていますよ」

「あのとき私もその場におりましてね。お古のブランケットを持ってこさせたら、ぴたっと泣きやんで……能力というのは本当にあるのだなと感じ入ったものです」

マーティンが、これ以上自分のことを話されてはかなわないとばかりに、伯爵家のほうに顔を向けた。

「余の場合は他愛《たあい》のないことだったが、祖母上の能力で救われた赤子がたくさんいたと聞く」

——お祖母様《ばあさま》のおかげだわ。

まさか国王と宰相がこんなに好意的に接してくれるとは思ってもいなかった。

「陛下にそうおっしゃっていただけるなんて大変光栄に存じます」

アデルは腰を落とす辞儀をする。

穏やかに謁見を終えることができ、アデルは、ほっと胸を撫《な》でおろした。

それにしても、ふたりとも魅力的だった。社交界というところは、このようにきらびやかで優しい方たちによって織りなされているのだ。

これから、その一員となれる喜びでアデルは胸をいっぱいにした。

ただし、心を弾《はず》ませていられたのはここまでだ。

第一章　憧れだった社交界が、ろくでもない件

数日後、王宮の舞踏広間に足を踏み入れ、巨大なシャンデリアのまばゆさにアデルが目を細めたとき、颯爽《さっそう》と視界に現れた紳士がこう告げてきた。

「エンフィールド伯爵、私はオルグレン侯爵家のヴィンセントと申します。お嬢様とダンスする栄誉をお与えいただけませんでしょうか？」

彼が、恭《うやうや》しく父にそう告げ、アデルに優しげな笑みを向けたとき、頭の中に直接話しかけられるような声が響いた。

【白い胸をぷるんぷるんさせやがって……俺のものをこの谷間に挟み込んでみたいものだ】

紳士が発したとは思えない下品な内容である。

周りを見渡したが、彼と両親しかいない。しかも父母ともににこやかで、この言葉は耳に入っていない様子だ。

――空耳かしら。

その後も、ダンスに誘われるたびに、誰かと踊るたびに漏れなく、こんな下劣な声が聞こえ

てきた。次第に、彼らの視線と考えが一致していることに気づく。

胸に視線がいけば、【むしゃぶりつきたくなるような胸だな】、口に視線がいけば【この肉厚で艶々した唇に俺の肉棒を押し込みたい】といった具合なのである。

アデルが知らなかった『肉棒』という単語が出てきたので、後日、乳兄妹にして従者兼護衛のライオネルに意味を問うた。

だが、その瞬間、アデルは聞いてはならないことを聞いてしまったことに気づいた。

ライオネルが顔面蒼白《そうはく》になったのだ。しかも唇がわなわなと震えていた。生まれたときからのつきあいだが、こんなに深刻な表情を見たのは初めてだ。

「アデルから、そんな言葉が発せられる日が来るなんて！」

この世の終わりみたいに嘆かれた挙句、その言葉を使った者には近づかないよう念押ししたうえで、小声で教えてくれた。

肉棒というのは、男性の性器のことだそうだ。

アデルは卒倒しそうになる。

――私の口に、性器を⁉

これは犯罪にあたるのではないだろうか。

アデルの知らない単語が実際に存在したことからして、心の声が聞こえるのは妄想ではない。

――もしかして……これ、心を読む能力《ギフト》では⁉

自分に能力が備わっていたことにも驚きだが、よりによって、『性的欲望』が読み取れる力だなんて、そんなことってあるだろうか。

これでは、神からの贈り物というよりも、悪魔の呪いではないか。

こんな声が聞こえるなんてほかの人に知られたら、痴女扱い間違いなし。祖母の名声も傷つけかねない。

——誰にも言えない！


初めての王宮舞踏会では、聞きたくもない卑猥《ひわい》な言葉を夜中までひたすら聞くはめになったので、アデルはその後、数日間、寝込んでしまった。

父母はといえば、アデルが予想以上に紳士たちの興味を引いたことで有頂天になっていた。娘が伏せっているのは疲労によるものと考え、心配することなどなかった。

そう考えるのも当然のことだ。

アデルは貴族令嬢のご多分に漏れず、男性との接触がないよう育てられており、社交界に出るまでの間、彼女に近寄ることができた男性といえば、乳兄妹《ちきょうだい》のライオネルか、親戚か執事ぐらいだったのだ。

多くの貴族が一堂に会する舞踏会に参加するだけでも人当たりするだろうに、ましてやアデルは、ひっきりなしに一流の紳士たちからダンスに誘われたのだから疲れもするだろう。

これこそ、アデルが自身の能力に気づかなかった所以《ゆえん》でもある。社交界デビューするその日まで、アデルに性的な興味を持つ者に近づかれることがなかったのだ。

そんなわけで、アデルは舞踏会の招待状が届くたびに欠席したいと両親に訴えたが、聞き入れてもらえなかった。

これほどまでに紳士の関心を集める令嬢は滅多《めった》にいない。来年また新たに年若の令嬢がデビューする前に、今季のうちに最も条件のいい夫を捕まえるよう叱咤激励される始末だ。


アデルは昼、貴族たちが集まる公園で散歩しているときも、夜、舞踏会に参加しているときも、紳士たちの気を引こうとしなかった。

ダンスに誘われても、「今日は踊る気がしませんの」などと一蹴するのだが、彼らはあきらめるどころか、いよいよ食らいついてきた。

アデルは知らなかった。

男は冷たくされると燃える生き物だということを――。

そんなわけで、目立たぬよう壁際の長椅子に座れば、両脇に紳士が腰を下ろして話しかけてきて、周りも紳士たちに固められるというありさまだ。

これでは壁の花になることもできない。

こうなったら女性たちの輪に入って……と思うが、大勢のグループに割って入る勇気はなく、ひとりでいることの多い子爵令嬢のユージェニーに近づいた。

話しかけてみると、ユージェニーも洋裁が趣味とのこと。

アデルがぬいぐるみを作れると言ったら驚かれたが、彼女は人形の服が得意だそうで、いろいろ教え合うことができて話が尽きない。

アデルは同年代の女友だちがいなかったので、こんな喜びは初めてだった。彼女としゃべることで、紳士たちをかわすことができ、ようやく舞踏会を楽しめるようになったところで、状況が変わる。

舞踏広間で、アデルがいつものようにユージェニーに声をかけたら、彼女がおびえたような眼差しを向けてきたのだ。

「アデルと仲良くしたら、お茶会に呼んであげないって、ディアドラに言われて……私、しがない子爵の娘なので……ごめんなさい！」

申し訳なさそうにそう言うと、ユージェニーは去っていった。

ディアドラといえば、国王の叔父であるエイヴァリー公爵と懇意にしているポッティンジャー侯爵の令嬢で、その美貌もあって社交界の華である。

二十一歳なのにまだ結婚していないが、エイヴァリー公爵嫡男コンラッドと結婚の約束があるから敢《あ》えて未婚のままでいると噂されている。コンラッドがまだ二十歳で、結婚するには若すぎるのだ。

なので、ディアドラは高嶺《たかね》の花として紳士たちから敬遠されていて、そのせいか、いつも令嬢たちに囲まれている。

自分とは違って女性から人気のあるディアドラに、アデルは憧れを抱いていた。

だが、ユージェニーの言葉を聞いた限りだと、女性たちがディアドラを取り囲んでいるのは、彼女を慕ってというわけではなさそうだ。

それにしても、ショックだったのが、ディアドラがアデルをよく思っていないということである。男たちを周りに侍《はべ》らせる尻軽な女にでも見えているのだろう。

ユージェニーが向かったほうに目をやると、ディアドラと美しい令嬢たちがちょうど彼女を、話の輪に入れたところだった。

ユージェニーが何か話すと、彼女たちの視線は一斉にアデルのほうを向き、小さく笑った。上品な笑みだ。だが、誰かを蔑むような、嘲笑《あざわら》うような目つきで、空恐ろしかった。

――寒い……。

アデルは自身を見下ろす。躰《からだ》の線がわかるような薄っぺらい生地のドレスだ。だが、これは今の流行で、みんなこんなドレスを身に着けている。

まとう布地は薄いが、もう春だ。寒いのは躰ではなく心だった。

アデルの寒々とした心中を知ることなく、常連の男たちが寄ってきて、たわいのない話題を振ってくる。口にする言葉とは全く違う欲望の声が何重にも聞こえてきた。

別に好きでこんな体型になったわけではないのに、紳士たちからは欲情され、淑女たちからは除《の》け者《もの》にされる――。

アデルは絶望的な気持ちで、取り巻きの男たちの向こうを見渡す。すると、やや離れたところで大使と談笑するブルーノと目が合った。

すると、ブルーノの口元から笑みが消えた。一瞬だが、冷ややかな眼差しを送られる。

アデルは自分が立っている場所が、もろく崩れていくのを感じた。

ちやほやされてつけあがっている女――そんな反応に思えたのは自意識過剰だろうか。

――謁見のときは、一瞬とはいえ穏やかな笑みを向けてくれたのに……。

アデルの気落ちした心情など慮《おもんぱか》ることもなく、今日もまた紳士の仮面をかぶった野獣がダンスに誘ってくる。

【高慢でいられるのは今のうちだけだ。結婚して俺が一発かませば、すぐにおとなしくなる】

そんな声が頭に響いてきて、アデルは彼の人のよさそうな顔を二度見した。にこやかな表情をしておいて、こんな下劣なことを考えているなんて誰が想像するだろうか。

「あ……あの……ちょっとだけ外させてください」

アデルは舞踏広間を抜け出して庭に出たものの、いきなりディアドラの声が耳に入ってきて、ビクッと足を止《と》めた。

いつの間にか、ディアドラと取り巻きの令嬢たちが庭に移動していたのだ。

「男に媚《こ》びるアデルみたいな方がいると……ほかの令嬢まで、そんな目で見られかねませんわ」

「ちやほやされたいんでしょう？　紳士だけでなく淑女も欲しくなったみたいで……、ユージェニー、災難でしたわね」

「さ……災難だなんて……ひとりでいたから声をかけてくださっただけですわ」

「ユージェニー、これからは私たちが友だちになるから、無理してアデルとつきあうことなんかないのよ」

高圧的なディアドラの声のあとに、「は、はい」というユージェニーのか細い声が聞こえてきて、アデルは泣きそうになった。

――初めてできた友人……だった。

「ねえ、皆様、アデルのこと、高慢令嬢って呼びませんこと？」

取り巻きのひとりがそう提言すると、令嬢たちは大盛り上がりだ。全会一致で、アデルを『高慢令嬢』と呼ぶことが決まった。

これで紳士たちも寄ってこなくなるだろう。

そういう意味ではありがたいが、つまり、誰からも相手にされなくなるということだ。

――もう社交界のどこにも居場所がないわ……。

しばらく、そんなふうに思いつめていたアデルだが、紳士たち全員に嫌われるということはなかった。

一部の紳士たちは、高慢令嬢を落とせるのは自分だけだと余計に燃え上がる。

とはいえ、娘に高慢令嬢というあだ名がつけられたなんてことは、エンフィールド伯爵夫妻にとって看過できることではなかった。

いよいよ両親がアデルに結婚を急《せ》かすようになる。

取り巻きの紳士たちの中から誰かひとりを選んで結婚すれば、高慢というイメージを払拭《ふっしょく》できると思ってのことだ。

そんなわけで、最も条件のいいヴィンセントをやたらとアデルに勧めてくるようになる。

だが、その男は一番結婚したくない男だった。

ヴィンセントは、断っても断っても、プレゼント攻勢をしてくるしつこい男なのだ。

以前、ヴィンセントが伯爵邸に押しかけてきたとき、渾身《こんしん》のプレゼントと思われる、アデルの瞳と同じ色のエメラルドが使われたブレスレットを渡され、求婚された。

物理的にも心理的にもあまりに重たく、結婚するつもりはないと受け取りを拒否したところ、

「受け取ってもくれないのか」と不満げに言われると同時に、こんな声が頭に響く。

【いつか、俺の贈り物を拒否したことへの仕返しをしてやる。見てろよ】

それを皮切りに、縄で縛るだとか逆さ吊《づ》りするだとかいう変態的な妄想がえんえんと繰り広げられたものだから、アデルは恐ろしくなり、とりあえず受け取るだけ受け取った。

その日以来、贈り物が自室にあること自体が生理的に気持ち悪くなってしまっている。

やがてヴィンセントを真似《まね》て、ほかの紳士まで贈り物をしてくるようになり、今やアデルはプレゼント合戦の標的となっていた。

漏れなくえげつない欲望の声つきで――。

そんな噂は、すぐに社交界を駆け巡る。

いよいよ淑女たちの視線が冷たくなり、挨拶しても無視されるようになった。

ある日、ヴィンセントの誘いをかわすために、ほかの紳士と踊っていると、肩越しにディアドラと踊る公爵ブルーノの顔が垣間《かいま》見える。その眼差しは優しげに細まっていた。アデルに向けた冷たい眼差しとは全く違う。

その瞬間、なぜかアデルは目の前が真っ暗になった。

――待って。私、どうしてここで絶望するわけ？

地位も外見も宮廷一であるブルーノが、アデルなど相手にするわけがない。自分に冷たい紳士がいたら傷つくなんて、それこそ高慢というものだ。

「いかがなさいました？」

ダンス相手の紳士に問われ、アデルは我に返る。

そんなに心配されるぐらい、自分は絶望的な顔をしていたのだろうか。

「少し疲れているようです。今日は早めに帰りますわ」

ダンスが終わり、アデルが両親に疲労を訴えると、すぐに帰宅することになった。

それはいいが、馬車の中で両親が、取り巻きの中でも有力な紳士三人のうちからひとりを選ぶようせまってくる。

多くの紳士と踊るから疲れるのだ。ひとりに決めれば、ほかの紳士が寄ってこなくなる――そんなふうに説得してきた。

だが、両親が選んだ紳士三人は、アデルが心の中でエロ三銃士と呼んでいたぐらい、特にいやらしい妄想が激しい男たちだった。

そのとき、アデルは自分の中で何かが、ぷつりと切れたのを感じた。

温かい家庭への憧れだとか、親孝行だとか、そんな明るい未来へ向かう糸のようなものかもしれない。

――私、修道女になる！

こんな能力を授けたのが神なのだとしたら、俗世の欲望から離れて生きよという思《おぼ》し召しとしか思えなかった。

ライオネルに相談したら、キースリー大修道院の中にある女子修道院を紹介される。

この大修道院は王都で最も古い歴史を持ち、大聖堂、修道院、図書館を内包していて、いずれも国内最大の規模を誇っている。

ここの女子修道院の院長の噂ならアデルも耳にしたことがあった。

慈善事業に力をいれている女院長リリエンソールは、女性や子どもの救済に力を入れており、寄付金を募って敷地内に孤児院を建てたそうだ。

リリエンソール院長なら、家族の承諾を得られなくてもアデルを受け入れてくれるのではないかと、ライオネルが早速、訪問の予約を取ってくれた。

親には礼拝に行くと告げ、大修道院までライオネルに馬車で連れていってもらう。女子修道院は基本、男子禁制なので、彼は停車場で待機することになった。

この女子修道院は、二百年以上前、王命によって建てられただけあって、三階建ての立派な建物なのだが、古めかしい印象は否めなかった。

だが、アデルが重厚な石造りの回廊に入って驚いたのが、色とりどりの服を着た子どもたちが現れたことだ。

子どもたちとともに院長のリリエンソールが出迎えてくれた。

黒いベールをかぶってにこにこしているが、高潔な雰囲気を身にまとっていて、只者《ただもの》ではない印象を受ける。

院長によると、孤児院の噂を聞きつけて大修道院の前に幼い子を捨てる者があとを絶たず、孤児院がベビーベッドでいっぱいになってしまい、幼児は女子修道院で過ごしているとのことだった。

「にぎやかでいいでしょう」

院長が穏やかに微笑んだ。

手と手を合わせたくなるような崇高な笑みだ。

「それだけ多くの子どもたちを助けることができたという証《あかし》ですものね！」

うれしくなってアデルがそう答えると、院長がわずかに目を見開いた。

「そういうふうに考えられる方、とても素敵ですわ。ここで、ともに神に仕えましょう。でもね、神様は幸せだから、私たちが幸せにするのは、恵まれない人々ですよ？」

「はい！」

アデルは声が大きくなりすぎたかと恥じるぐらいに、勢いよく返事をしてしまう。

そのとき、三歳ぐらいの女の子が、駆けるようにやって来て絵本を差し出して笑った。

「お姉ちゃん、ご本読んで」

——可愛い！

絵本の表紙には帽子をかぶったコーギー犬の顔があり、『はじめまして、ぼくはワンワン兄《にい》』というタイトル文字が躍《おど》っていた。

読んであげたいのはやまやまだが、院長と話している最中である。院長の顔をうかがうと、彼女が慈愛に満ちた表情でうなずいた。

「もし、おいやでなければ、読んでくださらない？」

「まあ。喜んで」

アデルはその子を抱き上げる。

「では、こちらへ」

と、院長に案内されたのは広間のような大きな部屋で、そこは、おもちゃで遊ぶ子、追いかけっこする子、昼寝をする子……と子どもたちでいっぱいだった。

院長がパンパンと手をたたく。

「こちらのお姉様が『ワンワン兄』の読み聞かせをしてくださるんですって！」

子どもたちは、わーっと手を挙げて喜ぶ。アデルが床に腰を下ろすと、その前で行儀よく座った。

読んだことのない絵本だったので少し緊張したが、アデルは喜怒哀楽を強調して読むことができた。

読み聞かせが終わると、子どもたちに交じって院長まで拍手してくれている。

——なんて優しい世界なのかしら！

ここで穏やかに一生を過ごせたら、どれだけいいことか。

自宅に戻るなり、アデルは得意の洋裁で、ワンワン兄の着ぐるみを作った。次はこれをかぶって読み聞かせをしようと思う。

――それにしても、リリエンソール院長は噂通り高潔なお方だったわ。

別れ際、院長はアデルにこう言った。

『あなたは、とても恵まれすぎていて、心に空虚を抱えてらっしゃるとお見受けいたしました。今すぐ修道女にならなくてもいいんですよ。苦しくなったらここにいらっしゃい。子どもたちを楽しませようと頑張れば、あなたもまた楽しくなれることでしょう』

そのとき、やっと自分の居場所を見つけたようで、アデルは涙が出そうになった。

――子どもたちが周りにいたのでなんとかこらえたけど……。

針を持つ手に気合いが入る。

こうなったら、着ぐるみ姿で読み聞かせをして、とことん子どもたちを楽しませてみせる。

アデルはそう決意していた。


それからというもの、アデルは修道女見習いとして、時間を見つけては女子修道院へと足を運んだ。修道服も支給され、最早《もはや》〝出勤〟という佇《たたず》まいである。

そんなある日、修道女の恰好《かっこう》で絵本をいくつか読み聞かせしたあとのことだった。

ある修道女がこんなことを言ってきた。

「絵本の寄贈、本当にありがたいですわ。孤児たちが増えすぎて食費だけで、もうぎりぎりなんです」

そのとき、アデルの頭に、自室のプレゼントの山が浮かんだ。

特に高そうなものをライオネルに頼んで売りに行ってもらったら、かなりの金額になった。いただきものを売ってお金に替えるのはよくないことだと思う。だが、自分の部屋に置いてあること自体がいやだったので、かなりせいせいした。

しかも、ヴィンセントからもらったブレスレットのエメラルドが実は偽物だったとわかり、アデルは何か腑《ふ》に落ちたような気がした。

『愛している』と何度も言われたが、漏れなくえげつない欲望つきだった。彼の愛も、偽エメラルド同様、まがいものなのだ。

このブレスレットに関しては見込みより少ない額になってしまったが、アクセサリーを売って得た資金を孤児たちのためにと、リリエンソール院長に寄付を申し出たら、彼女は喜ぶより先に、「こんな大金を持ち出して大丈夫なのですか?」と、アデルの身を案じてくれた。

さすが聖女と呼ばれるだけはある。

アデルは欲望の結晶を売ったお金で恵まれない子が救われるなら、欲望を向けられる我が身さえも浄化されるような気がしていた。

「私、ドレスやアクセサリーにもともと興味がありませんし、修道院に入るこの身には無用の長物ですわ。子どもたちのために役立てていただけたら、本望でございます」

「……それでしたら、ありがたく受け取らせていただきます」

聖女に感謝され、アデルは感動に身を震わせた。

──これが私の生きる道だわ！

ちょうど、ワンワン兄の着ぐるみが完成したので、黒いベールと白頭巾《コイフ》を脱いで犬の顔をかぶり、修道服の上にもこもこの犬のマントを巻き、子どもたちのいる大部屋へと足を運ぶ。

皆、歓声を上げて体当たりで抱き着いてきた。絵本の中からワンワン兄が飛び出してきたと大興奮の様子だ。

アデルがワンワン兄の顔かたちをしたクッキーを配ったら、飛び上がって喜ばれた。

──なんて可愛いらしいの！

クリスティーナという若い修道女が皆にアデルを紹介してくれた。

「皆さ〜ん、なんと、ワンワン兄が遊びに来てくれました！『ワンワン兄とニャーニャー』を読み聞かせしてくれるんですって！」

感激で叫び出す子も出てくるものだから、アデルは期待に応えようと、溌剌《はつらつ》とした声色を作ってこう告げる。

「やあ！　みんながいい子にしてるって聞いて、ワンワン兄が遊びに来たよ。今日はいい天気だから、お庭でお話し会をしよう！」

庭へ移動する間、クリスティーナが喜びで潤ませた目をアデルに向けてきた。

「ワンワン兄が本当にいるみたいで感激ですわ。それに……こんなに楽しそうな子どもたちを見たのは初めてです」

「ありがとうございます。実は私、修道院に入りたいと思っていて、これから仲良くしてくださいね」

二十歳前後の修道女はあまりいないので、ありがたい存在と思っての発言だったのだが、彼女が意外そうな表情になった。

「アデル様は貴族令嬢でいらっしゃるのでしょう？　しかも、お若くて美しいのに……ご結婚なさらないんですの？」

正直、そう言うクリスティーナのほうがよほど美しい。

黒いベールで髪の毛こそ隠されているが、黒い眉はきれいな円《まる》みを描き、肌は、白頭巾《コイフ》のように白くきめが細かく、小さな唇はサクランボのように赤い。

もともと貴族か相当裕福な家の令嬢だったと思われる上品な物腰をしていた。

「私、恋愛とは関係のない世界で生きていきたいんです」

「きっと……お辛い恋をされたんですね」

クリスティーナが自身の人生と重ね合わせるかのように遠い目をした。

俗世にいたときの恋愛を思い出しているのだろうか。

アデルなど〝お辛い〟どころか恋すらしたことがないというのに――。

第二章　閣下、高慢と傲慢ですって？

今季のうちに結婚相手を、と願うのは、妙齢の娘を持つ親に限ったことではない。

宰相ブルーノにとって、いとこにして国王であるマーティンの結婚は喫緊《きっきん》の課題である。家どころか国の行く末がかかっているのだ。

マーティンには男兄弟がおらず、王太子が生まれなければ、王位が、マーティンの叔父エイヴァリー公爵ヒューバードの系譜に移ってしまう。公爵もその嫡男コンラッドも、享楽的で浪費家。国のことよりも自分の利益しか考えていないような輩《やから》である。

ブルーノは、母方の伯父にして老練な政治家であるベックウィズ侯爵の後ろ盾もあり、今でこそ、ヒューバードを政治権力から排除できているものの、エイヴァリー公爵家に王位が移れば、排除どころか自身が迫害されかねない。

――マーティンには、さっさと結婚してもらう。しかも子だくさんの家系の娘とな。

そういった事情はマーティンもわかっているはずなのだが、昨シーズンに社交界デビューしたローレンソン男爵令嬢グローリアのことを今も忘れられずにいる。

マーティンは、グローリアと出会って二ヶ月で結婚すると言い出した。

ブルーノが気づいたときには、結婚の証書を取り寄せ、あとはグローリアにサインしてもらうだけという段階まで行っていて、唖然《あぜん》としたものだ。

マーティンが、こんな勝手なことをしたのは初めてだった。

だが、マーティンが求婚したその夜、グローリアは置き手紙を残して失踪する。

『陛下、愛しています。だから私はいなくなります。ありがとうございました。さようなら』

筆跡は彼女のものだった。

ヒューバードの陰謀の線も浮かんだが、彼の周りには内偵を多く送り込んでおり、その報告によって疑惑は消えた。

というのも失踪を知ったとき、ヒューバードが息子にこんな愚痴を零《こぼ》していたからだ。

『あの貴族の底辺女とくっついてくれたほうが御《ぎょ》しやすかったのに……』

彼が言うことはもっともで、ブルーノも、グローリアよりも国王にふさわしい結婚相手がいると思っていた。

だから、ブルーノは今日も王宮舞踏会で、壁の花――ならぬ壁際の玉座に座るマーティンの傍《かたわ》らに立ち、こんなことを囁《ささや》く。

「ここにいる令嬢たち全てが、陛下からのダンスの誘いを待っているんですよ。ひとりぐらい踊ってあげてはいかがです?」

ぎょろりと、マーティンが見上げてきた。

「そういうご自分こそいかがなんです。公爵家にだって跡取りは必要でしょう？」

「陛下が狙っている令嬢とかぶってはいけませんからね。陛下のご結婚を見届けてからにします」

「グローリア以外の女性にしてくれれば、かぶることはありませんよ」

マーティンはこう告げることでブルーノを牽制《けんせい》しているのだ。まだグローリアを忘れていないと――。

「かぶるも何も、失踪した女性《ひと》にどうやって色目を使えとおっしゃるんです？」

ブルーノが大仰に肩をすくめると、恨みがましい目を向けられた。

「本当に、ブルーノ、いい性格してますね？」

「お褒めいただき光栄です。振られても相手が忘れられないくらいの大恋愛、私もしてみたいものです」

「ぜひ、してみるべきですよ。ブルーノのように仕事一筋な方に限って、いったん恋に落ちたら周りが見えなくなると言いますからね？」

――いつの間にか、こんな返しもできるようになったのか。

六歳下のいとこにそんな感慨を抱きつつ、ブルーノは苦笑した。

やはり、なぜ失踪したのか、なぜマーティンと別れたのかを、グローリア本人の口から告げてもらわないと、マーティンは前に進めそうにない。

グローリアが生きているという前提で考えると、貴族女性が隠れる場所といえば女子修道院ぐらいなものだ。

だが、見つけようにも、それは森の中で木の葉を捜すような作業になるだろう。

——とはいえ、あがくだけあがいてみるか……。


ある日、アデルが女子修道院の大部屋で読み聞かせを終え、着ぐるみを脱ごうと客間へと向かっていたときのことだ。

背後から肩をたたかれ、振り向くと、頭をフード状のカバーで覆った修道士が立っていた。

黒い覆いが顔に影を落としていて一瞬わからなかったが、その凛々《りり》しい顔はまぎれもなくファルコナー公爵ブルーノである。

——どういうこと⁉

ここは宰相が来るようなところではないし、そもそも男子禁制。入ることが特別に許されている高位の修道士もいるとはいえ、修道士の恰好をすれば誰でも入れるというものではない。

「おまえ、何者だ？」

と、ブルーノが問うてくる。

彼が目を眇《すが》めたものだから、アデルは背筋を凍りつかせた。

しかも、ブルーノが語調を強めてくる。

「なぜ、そのような恰好をしているのかと聞いているのだ」

――しまった！　私、今、犬の恰好なんだわ！

それより、王室の守護神が、なぜ女子修道院に現れたのか。

アデルが固まっていると、彼の目つきがいよいよ険しくなる。

「答えよ」

ブルーノが手を腰の辺りへと移す。

――剣……いえ、もしかして銃⁉

「こっ……こっこ……こっ子どもたちを喜ばせようと思って……」

声がうわずり、鶏の鳴き声みたいになってしまったが、なんとか答えることができた。

「その声……女か？　もしかして……あなたは……」

さっきまで『おまえ』だったのに、急に『あなた』に変わった。女性に『おまえ』は使わない主義なのだろうか。

しかも、フード状の覆いを払うように落とし、真摯な眼差しを向けてくる。

この回廊は窓から日差しが入るものだから、夜会のときと違い、彼の銀髪はきらきらと輝き、透明度を増した青い瞳は、さながら夏の日の青空のようだった。

あまりの美しさに、アデルは見入ってしまう。

「ぶしつけで申し訳ないが、犬の被《かぶ》り物《もの》を取っていただけませんでしょうか」

彼が敬語を使わないといけない相手は王族ぐらいなものである。なぜこんなに丁寧なのかといぶかしむが、公爵に乞われれば顔を見せるしかない。

――でも、恥ずかしいわ。

女の声が聞こえただけでも驚いた様子だったから、まさか着ぐるみの中に、高慢ちきな令嬢がいるなんて思ってもいないだろう。

「わかりました。ですが、私がここにいたことは、ご内密にお願いいたします」

「いいでしょう」

約束してもらえたので、アデルは覚悟を決めて犬の頭部を手に取る。ずぽっと頭を持ち上げたとき、目に入ったのは、いつも冷静沈着な宰相であるブルーノの見開かれた目だった。

――いつも冷静な宰相閣下がこんなに驚くなんて……。

「……君は……もしやエンフィールド伯爵家の……？」

「は、はい……。アデルと申します」

ブルーノが犬の顔に手を伸ばしてきたので、そのまま渡したところ、表面をさすったり、厚さを確かめるようにつかんだりしている。

「どうして、こんなところで犬の顔をかぶっていたんだ？」

「子どもたちに犬の絵本を読んであげるとき、犬の恰好をしたほうが、臨場感があると思って扮装《ふんそう》したところ……あまりに喜ばれたものですから。その後、絵本の読み聞かせのときは必ずこれをかぶるようになりまして……」

「君の祖母上は、幼児の望みを聞き取る能力《ギフト》をお持ちだった……もしや、君も?」

「え、いいえ。子どもの心は読めないです」

——読めるのは大人の欲望だけ……。

「では、なぜ子ども相手に?」

「修道女になりたいと思ってこちらに来たら、子どもたちに、絵本を読んでとお願いされたものですから」

「それでこれを……自分で作ったのか?」

——高慢令嬢がお裁縫をするなんて思ってもいなかったでしょうね。

「え、ええ……柄にもないことを……」

アデルは顔から火が出る思いでうつむいてしまう。

「そもそも、なぜ修道女になりたいなんて……。君は、いつも紳士たちを周りに侍らせて……社交界を謳歌《おうか》しているように見えたものだがね」

——やっぱり、そんなふうに見えていたのね。

あの声さえ聞こえなければ楽しめたかもしれないのに……。

と、そこまで思って、アデルは気づいた。

ブルーノの欲望が聞こえてこない。

だが、アデルはすぐに得心した。

アデルは今、犬の毛並み風のマントを躰に巻きつけているのだから、欲情の対象になどなるわけもない。

――いえ。謁見したときだって聞こえなかったわ。

そう思ってから、ものすごくがっかりしている自分に気づく。

――どうして？　誰からも性的対象として見られたくないって、ずっと思っていたのに。

「社交界なんて……謳歌どころか……辛い場所ですわ」

つぶやくように言って顔を上げたとき、いつも涼しげな表情のブルーノの顔に困惑の色が宿った。


このときの約束をブルーノは守ってくれたようで、その後の王宮舞踏会でも、アデルが修道女になりたがっているとか、修道院で犬の恰好をしているとか、そういった類《たぐい》の噂は流れていなかった。

感謝の気持ちを持って、彼がいそうな赤いベルベッドの敷かれた一角に視線を向ける。

ブルーノが、玉座に座る国王の横で仁王立ちしており、目つきがいつになく怖い。

――以前は興味がないとか冷たいとかそんな眼差しだったけど。

今日はまた違う怖さがあった。

彼の考えることはわからないが、とりあえず噂が流れていなかったことで安心し、アデルは翌日、修道院を訪れる。

舞踏会で穢《けが》らわしい欲望まみれになったあと、身も心も浄化するには、修道院での読み聞かせが必要だった。

アデルは、お菓子と絵本、そして紳士たちからもらった花束を抱え、ライオネルを御者《ぎょしゃ》にして馬車に乗り込む。

女子修道院に着き、修道女に花束を渡すと「いつもありがとうございます」と、感謝された。紳士からの贈り物をここでもまた有効活用できて満足だ。

アデルは客間で修道服に着替え、その上にマントを羽織り、犬の頭をかぶった。

庭に出ると、待ちかねていた子どもたちが駆け寄ってくる。

屈託のない笑顔、笑顔、笑顔――。

その中に見知っている紳士に似た顔を見つけ、アデルは複雑な気持ちになってしまう。

この子もいずれ、女をモノのように見る欲望まみれの男になってしまうのだろうか。

そんな諦観を覚えたところで、四歳ぐらいの男児が脚に抱きついて、人懐っこい笑顔を向けてきた。

「ワンワン兄、今日もいい天気だから、お庭でご本を読んでよ！」

乳歯がふたつ欠けた口が少し間抜けで、とても愛らしい。

——ライオネルだって、あの公爵だって欲望が聞こえないもの。

そうだ。男性たち全員が全員、どの女を見ても欲情するというわけではない。ただ、自分が、情欲に弱い男を惹《ひ》きつける姿かたちに生まれてしまっただけだ。

そんな結論に至って落ち込みそうになったところで、アデルは自身を鼓舞するように、ごほんと咳払《せきばら》いをして低い声を作る。

「ワンワン兄もお外で本を読みたいと思っていたんだ。さあ、みんな、あそこの芝生まで競争だよ！」

アデルが指差したほうへ、我先にと子どもたちが駆けていく。

——あー、可愛い。

末の弟も、もう九歳になった。弟妹たちにも、こんなころがあったのが懐かしく感じられる。

ワンワン兄の恰好をしたアデルが芝生の真ん中に座ると、子どもたちが周りに腰を下ろす。
二、三歳の子が背中に抱きついたり、膝に座ったりしてきた。
親がいないのでスキンシップに飢えているのだ。

子どもたちの身上に思いを巡らせ、涙が出そうになったが、アデルはぐっとこらえて楽しげな声をひねり出す。

「最初は僕のご本、『ワンワン兄とニャーニャー』からだよ」

これは修道院にあった本だ。

アデルが絵本を広げて見せながら読み聞かせを始める。何度も読んでいるので、次のページで登場する猫のしっぽが少し見えているところを指さして「あれ？　この茶色いの、紐《ひも》かな？なんだろう？」と問うと、皆が一斉に「ニャーニャー！」と、うれしそうに答えてくれる。

次のページを開いて猫が登場したところで「ほんとだ！　ニャーニャーだった！」と、アデルが大げさに驚くと、皆がどっと笑ってくれた。

——なんて読み聞かせがいがあるのかしら。

さらわれたニャーニャーをワンワン兄が救い出して物語はめでたし、めでたし、となる。

読み終わって「おしまい」と言って、顔を上げると、少し離れたところにそびえ立つオークの大木のもとにファルコナー公爵ブルーノが立っているではないか。

今日は修道服ではなく、コートまでかっちり羽織った正装姿だった。

——なんて絵になる……じゃなくて、なぜ今日もここに？

そういえば先日、国王が福祉政策に力を入れる方針を打ち出したと父が言っていた。早速、宰相自ら孤児院の視察でもしているのだろうか。

——公爵が直々に視察なんてありえる？

どうしてもブルーノが立っているほうが気になって、次の絵本を読むとき緊張してしまったが、彼のほうを見ないようにしてなんとか、平常通りに読むことができた。

読み終わってようやく顔を上げたときには、ブルーノはもう消えていた。

――さっきの錯覚……じゃないわよね？


そう。これは錯覚ではない。

ファルコナー公爵ブルーノは一度ならずも、二度までも女子修道院に現れた。

一度目はグローリアの捜索のために訪れたときのことだ。

ここの女院長リリエンソールは慈愛と高潔で名高い。

行き場のない女性が現れたら受け入れるだろうし、王家に取り入ろうなどという邪《よこしま》な考えがない分、訳ありの人物でも匿《かくま》うと踏んで、まずはここから捜索することにした。

なぜ公爵自ら訪れたかというと、ブルーノならグローリアと何度も会ったことがあるので、化粧や変装で印象を変えていたとしても見つけ出すことができると考えたからだ。

調査は抜き打ちで行わなければ意味がない。

警察大臣の特権を活《い》かし、修道士の恰好をして女子修道院に入った。

院長室に向かう途中、回廊で、犬の扮装をした不審人物を見かけたことが、今後のブルーノの人生を大きく変えることになろうとは、このときはまだ思ってもいなかった。

ブルーノが何者かと尋ねたら、か細くて高い女の声がするではないか。

──もしかしてグローリアは、こうやって身を隠してきたのか？

彼女はしがない男爵令嬢にすぎないが、国王の想《おも》い人である。

ブルーノが丁寧な言葉遣いに変えて、自身のベールを取りさり、犬の顔を取るよう頼んだところ、彼女は躊躇《ちゅうちょ》しながらも、被り物を持ち上げた。

すると、舌を出した間抜けなコーギー犬の顔の下に、緑の瞳を真ん丸とさせて小さく震えている乙女が現れた。

そのとき、時が止まった。

正確に言うと、ブルーノの思考回路が止まった。

しばらくしてから彼の脳内に歓喜の鐘が鳴り響く。

──なんなんだ……この可愛い生き物は！

ブルーノは頭の中を『可愛い』でいっぱいにしていたが、やがて鐘が鳴り終わり、その余韻の中、ようやく目の前の乙女が知った顔であることに気づいた。

──エンフィールド伯爵家のアデルじゃないか！

舞踏会でいつも若い男たちを引き連れて、誰かひとりを選ぶこともなく貢物で競争させて高笑いしている高慢ちきな令嬢だ。

だが、今、ブルーノの目の前にいるアデルは、恥ずかしそうにもじもじしていて、到底、同一人物には思えなかった。

アデルが被り物を完全に頭から脱いで小脇に抱える。

絵的にはかなり間抜けなのだが、とてつもなく可愛い。間抜けと可愛いが融合する日が来るとは思ってもいなかった。

――だが、アデルを客観的に鑑賞してみるとどうだ？

蜂蜜の川とも称《たた》えられる金髪は今、束ねられ頭頂で団子にまとめられているとはいえ、男たちを惹きつけるのも納得の美しい黄金色である。

目の形は少し垂れていて妙な色気を醸し出している。潤んだ緑眼は宝石のような透明感があり、そこに黄金の長い睫毛《まつげ》がかぶさっていた。唇は小さくぽってりとして、艶《つや》めいている。

彼女はまだ十八歳だというのに、匂い立つような色気を持っていた。

その令嬢が今、肉感的な肢体を、茶の毛糸でもこもこのマントで隠し、口から舌を出した呑気《のんき》な犬の顔を抱えている。

どくん、どくん、どくん――と、ブルーノの心臓が拍動し始める。

――なんだ……この、まるで緊張しているかのような心音は……。

戦場でだって、こんなに緊張しなかった。

それより、どうしてアデルは犬になりきっているのか。

尋ねると、こう答えられた。

修道女になりたくてここに来たところ、絵本の読み聞かせを頼まれ、子どもたちをより楽しませるために着ぐるみを自作した――。

侍女に作らせたのだろうと思いきや、『柄にもないことを』と、自ら手作りしたことを恥じている様子だった。

――うつむいて頰《ほお》を赤らめているのが、また可愛……。

ブルーノはゴホンと咳払《せきばら》いをして、彼女についての情報をまとめることにした。

あの高慢ちきな女が自作の着ぐるみを身にまとい、子どもたちに読み聞かせをしている。

事実を反芻《はんすう》しただけで、心臓の拍動が一段と激しくなった。

――なんの興味もなかった女が、想像していた人物像と違っただけなのに……なぜだ⁉

しかも、アデルが消え入りそうな声で『謳歌どころか……辛い場所ですわ』と言ったとき、いつもは態度のせいで大きく見えていた彼女が、か細く、守りたい存在に変わった。

――抱きしめたい！

それは生まれて初めてブルーノの中に生まれた感情だった。

『失礼いたします』

と、彼女がブルーノを振り切るように去っていったときは、心に穴が空いたかと思った。

だが、向こうから去ってくれて助かった。

ブルーノのほうからは永遠に立ち去れそうになかったからだ。

――危ない。任務を遂行できなくなるところだった。

彼女と離れたことでようやく自分を取り戻し、ブルーノは本来の目的である院長室に赴くことができた。

女院長リリエンソールは評判通り、高潔な人物だった。

――利己的な人間のほうが、こちらの思い通りに動かしやすいんだがな……。

そんな落胆を覚えつつ、女子修道院で疑問に感じたことについて問うことにする。

この修道院は、本来潤沢な資金があるはずなのだが、孤児を受け入れすぎたせいか、修理すべきところもされていない箇所があり、財政的な苦しさが見てとれた。

それなのに、飾ってある花が、そこらで摘んできたものではなく、最高級の花ばかりなのだ。中には温室ではないと育たない珍しい花まであった。

院長は名前こそ挙げなかったが、全てとある貴族女性からの寄進と答えた。

さっきアデルと出くわさなかったら、すぐにその女性が誰かはわからなかっただろう。

――男からもらった花を修道院に寄進しているのか！

アデルにとって、男からの贈り物など、どうでもいいものなのだ。

――取り巻きからひとりの男を選ばないというのは……そういうことか？

アデルが選んだのは男ではなく、この修道院だ。

修道女になりたいということは、リリエンソール院長のように弱い立場の者たちを助けられる人物になりたいのだろう。

ブルーノはアデルの外見に捕らわれて、そんな彼女の高潔な理想に気づくことがなかった。

──私はなんと愚かだったのだろう。

そんな想いにさいなまれながらも、ブルーノは修道女を集めるよう命じた。

誰をなんのために捜しているのかと問われたが、国家機密として答えなかった。国王に元恋人への未練を断ち切らせるためなどと、情けなくて言えるはずがない。

ブルーノは、ひとりひとり顔を検分したが、グローリアは見当たらなかった。

その後、キースリー大修道院の敷地にある全ての建物を見回ったが、そこでも成果は上がらない。

こんなことを全国の修道院で行わないといけないのかと思うと気が遠くなるが、この修道院とて完全に白になったわけではない。

院長が匿っている可能性は大いにある。

配下の密偵を修道女として潜入させ、見張らせることにした。

──そうしたら、アデルのここでの様子も報告させることがで……。

そこまで考えて、ブルーノは自身に呆《あき》れる。

今まで任務一筋で来た自分がこんな堕落した発想をするとは信じられない。やはり噂通り、高慢令嬢のアデルは魔性の女なのかもしれない。

明後日は王宮舞踏会だ。

犬から人間に戻った彼女を見ることができる。そうすれば、こんな胸の拍動などなくなり、すぐにでも彼女への興味を失うはずだ。


ブルーノは、そう自身に言い聞かせていたものの、いざ、舞踏会当日になると、全く冷静になれない自分がいることに気づいた。

輝かんばかりに美しいアデルが、猛獣どもに囲まれていたからだ。

その中のひとり、ヴィンセントがすかさず彼女の手を取り、ダンスの輪へと入っていく。

――そいつは人の良さそうな顔をしているが、娼館に入りびたりだぞ。

などと、アデルが踊る相手を変えるたびに、その男の欠点を心の中であげつらって、いちいち目くじらを立ててしまう。

ブルーノは警察大臣として、貴族ひとりひとりの弱みに精通していた。

アデルが修道女になりたいと思ったのは取り巻きの男どもの本性を見抜いてのことだったのかもしれない。

以前、ブルーノは、結婚相手を選ぼうとしないアデルを批判的な眼差しで見ていたが、彼女は選びたくなかったのだ。

――いや、アデルは神を選んだ。

そのとき、ずきんとブルーノの胸が痛んだ。

ブルーノは、知らず知らずに、いつもに増して眼光が鋭くなっていて、周りの者たちは、おっかなびっくりで遠巻きに眺めていた。

そんなブルーノに近づけるのは国王マーティンぐらいなものだ。

ブルーノに、こう耳打ちしてくる。

「もしかして、グローリアの捜索が難航しているんですか？」

「陛下、まだ始めたばかりなので、これからです」

「ブルーノは本来、こんな仕事をする人間ではないのに……」

全くだ。だから、少しぐらい意地悪を言ってもいいだろう。

「いいえ。めっそうもございません。陛下のご結婚には、この国の未来がかかっていますから。さっさと失恋を乗り越えていただかないと」

マーティンが急に早口になってまくし立ててくる。

「失恋を前提にしないでいただけます？　グローリアが見つかったら、よりを戻せる自信があるんです。事件に巻き込まれていないといいんだが……それだけが心配です」

――事件だとしたら、なぜ置き手紙が？

と突っ込みたいところをブルーノは喉元で、ぐっと押しとどめた。

「そうですね。失恋したとはいえ、もとは結婚を誓い合った仲でしたものね」

「あからさまに棒読みになってますよ。それよりブルーノはどうなんです？　三十歳の当主が結婚どころか恋人もいないなんて、ファルコナー公爵家は断絶の危機ですよ？」

マーティンがふふんと鼻で笑った。

――意趣返しか。

「公爵家《うち》のことなどお気になさらず。私が結婚して息子を国王にするなんて野心を抱く前に、お子を作られたほうが賢明ですよ？」

ブルーノは王位継承権第三位なのだから、そんな野心を抱いても不思議ではない。

マーティンが困ったように笑う。

「愛情表現が下手ですね。私のことをこれほどまでに思ってくれるのはブルーノぐらいです。だからって自身の結婚を控える必要はありませんよ？」

マーティンは時々気持ち悪いことを言う。

「吐きそうな顔をするの、やめていただけますか？」

「私はそんなに善良な人間ではありませんよ。ただ、これといって決め手となる令嬢がいないだけで……」

言いながらブルーノは、踊ったり談笑したりしている紳士淑女たちを見渡した。

最初に目に入ったのは、大人っぽい白のドレスで優雅に踊るアデルの姿だ。

白磁の肌にエメラルドの瞳。金髪も輝かんばかりなので、ゴテゴテと装飾があったり、フリルだらけだったりのドレスより、こうしたシンプルなデザインのほうが彼女自身の美しさが際立つというものだ。

そのとき、相手の男が必要以上にアデルの躰に近寄り、ふたりの肩と肩が触れた。

ブルーノは無意識のうちに、腰に下げた剣のグリップに手を置く。

護衛たちは曲者《くせもの》がいるのかと、周りを見渡すが、きらびやかな舞踏広間はいつも通りだった。

異変があったとしたら、ブルーノの表情だけだ。

「そんな怖い顔しないでくださいよ。好きな女性もいないのに結婚を勧めるほど私は無粋ではありません」

そう語りかけられて、ブルーノはようやく視線をマーティンに戻すことができた。

「陛下のお心、ありがたく頂戴《ちょうだい》いたします。ですが、結婚は好き嫌いではなく、あくまで後継ぎを作るためのもの。私は、我が家に恩恵をもたらしてくれる令嬢を選ぶつもりです」

なんでこんなことをわざわざ口にしているかというと、もし、グローリアがどうしても見つからなかったり、亡くなったりしていたときには、マーティンには条件で妃《きさき》を選んでもらわなければならないからだ。

その手本となるためには、愛ではなく条件で選んだ女性と結婚してみせる必要がある。

だが、今のブルーノに、それは可能だろうか。

アデルに男が近づくだけで、話しかけるだけで、心は乱れ、ほかの男と躰が密着すれば、剣で八つ裂きにしたいような衝動に駆られてしまうというのに——。

彼女の取り巻きの中には、エンフィールド伯爵家と良縁と思える家格の嫡男が三人いて、おそらく伯爵はその中から誰かひとりを選んでほしいと思っているはずだ。

それなのに、アデルは修道女になりたいと願っていた。

——相手が神だろうが国王だろうが、アデルは絶対に渡さない。

だが、彼女はただでさえ注目されやすいデビュー一年目で、その中でも社交界一、紳士たちの熱視線を浴びている令嬢である。

うかうかしていたら、誰かに取られかねない——。

そう思うと、ブルーノは居ても立ってもいられなくなる。

邸に戻るとすぐに、アデルの父、エンフィールド伯爵あてに信書を書くことにした。

結婚の申し込みである。

衝動的に筆を執ったものの、心には葛藤が生じていた。

もし、アデルに求婚するなら、マーティンに、結婚は条件で選べなどと、どの面《つら》下げて言えるものか。

——いや、待てよ。アデルの条件はどうだ？

まず家格や政治力だが、エンフィールド伯爵家は、家格は悪くないが、政治的には、ブルーノをバックアップしてくれるどころか、ブルーノのほうが面倒を見てやる側になるだろう。

では、アデルの評判はと言えば、男の取り巻きを引き連れ、仲のいい淑女もいない高慢令嬢である。夫人同士のつきあいは、夫同士のつながりにも影響するので、これはかなりマイナス要因だ。

――いや、待て。

アデルは年齢が若いし、エンフィールド伯爵家は多産。しかも時々、能力《ちから》を持つ者が現れる。優秀な後継ぎが生まれることを最優先にすると、結婚の条件とて最高ではないか。

自分の中でそんな言い訳をしながら、ブルーノは信書をしたため、翌日、召使いの中で最も格の高い侍従長をエンフィールド伯爵邸まで遣わした。

しばらくしてから戻ってきた使いは、侍従長ではなく、女子修道院に潜伏させていた密偵が遣わした伝言人だった。

アデルが女子修道院に現れたという報告だ。

ブルーノは結婚の申し込みの返事を待つことなく、女子修道院へと出かける。

エンフィールド伯爵がこの縁談を断るわけがないので、返事を待つ必要はなかった。

それよりも、一目でもいいからアデルの顔を見たい。

馬車になど呑気に乗っていられず、ブルーノは久々に馬を駆って邸を出る。

女子修道院の庭に着くと、アデルはすでに犬の恰好をしていて、芝生で読み聞かせをしていた。

顔を見ることは叶《かな》わず、声も作り声だったが、彼女が子どもを喜ばせようと発した声はどんな声よりも崇高に聞こえる。

犬の顔がブルーノのいるほうを向く。

――いや、気のせいだ。

ブルーノの願望が見せた錯覚にすぎない。

アデルは一生懸命、絵本を読んでいるのだから、気づくはずがなかった。

――……その佇《たたず》まいを見られただけで幸せだ。

ずっと眺めていたかったが、閣議の予定があって長居できず、ブルーノは後ろ髪引かれる思いで王宮に向かう。

馬車ではなく騎馬で来たものだから、王宮の門番に何事かと驚かれるというおまけつきだ。

夜、自邸に戻ると、侍従長がこう報告してきた。

「正式な書簡が届いたということでエンフィールド伯爵は何事かと緊張した面持ちでしたが、内容が縁談とわかると大層お喜びのご様子でした」

「我が邸に招待することについての反応は？」

「はっ。エンフィールド伯爵ご夫妻は光栄であると、すぐに承諾されました」

「そうか……」

ブルーノは顔を上げ、自邸を見渡す。

エントランスに入ると、その先にはアーチ状の入り口があり、上部には翼を広げた女神の彫刻二体が対《つい》となって来客者を祝福している。

その左右には二階へと続く大階段があり、二階部分を支える白大理石の円柱の上下には黄金の装飾がほどこされていた。

人はこの邸を宮殿のようだと言う。とはいえ、物心ついたときから過ごしているブルーノにとっては、空気のような存在である。

——だが、ここにアデルが降臨したとしたら？

黄金の装飾も、天井の宗教画も全て霞んでしまうだろう。

——ここに来るはずのアデルが突如、失踪してしまったら？

想像してみて初めて、ブルーノはマーティンの気持ちがわかった。

アデルを二度と拝めなくなる未来に想いを馳《は》せ、ブルーノは背筋を凍らせる。

——一刻も早く、アデルを私の、私だけのものにしなければ。

求婚されたことで、ブルーノの本気度が伝われば、アデルは修道女になりたいなどと思わなくなるはずだ。

ブルーノは、彼女が相手にしなかった貴族の男たちより数段格上なのだから——。

一方、アデルは、修道院の庭に現れたブルーノが、その直前に求婚の書簡を父親に送っていたことなど知る由《よし》もなく、読み聞かせを終えると、いつものように馬車で自邸に戻った。

門前で馬車から降りて中に入るなり、エントランスから両親が飛び出してきた。

しかも、その背後には弟妹六人が集結していて、皆、好奇心に目を輝かせている。

——何……この待ち構えたような出迎えは……？

「アデル、あなたって子は、なんて奥ゆかしいのかしら」

母が手を取ってくる。

その後ろで父が顎髭《あごひげ》をさすりながら、うんうんとうなずいていた。

「こういう話を親にするのは恥ずかしいというのもわかるが……結婚は家と家とのことだから、これからは包み隠さず話してもらうぞ」

ここにきて、アデルは真っ青になった。

求婚されても全てすげなく断ってきたというのに、親を通じて正式に申し込んできた輩《やから》がいるのだろうか。

——エロ三銃士のうちの誰かね！

「あの……どなたかが正式に求婚してきたということですか？」

「まあ！　求婚者が多くて誰だかわからないのね？」

「さすがだなぁ」

　ふたりは呑気に笑い合っているが、アデルは気が気でない。

「どなたなんです⁉」

　語気を強めた娘に向けて、父が封書をかざした。その封蠟《ふうろう》には……獅子《しし》と貝の家紋が刻印されている。

「ファルコナー公爵家の紋章に似ていますが……さすがにそれはないですわよね？」

「いやだわ。しらばっくれて！　踊っているどころか、会話するところも見せずに、いつの間に……本当に水くさいんだから」

「我が娘ながら美人だとは思っていたが……まさか『王室の守護神』に求婚されるとは……。それにしても一言相談してくれれば……」

「そうよ。そうしたら、ほかの紳士を勧めたりしなかったのに。頑《かたく》なに結婚しようとしなかったのって……もっと高位の紳士をものにしてみせるという自信の表れだったのね？」

　両親は、はしゃいでいるようにしか見えなかった。

　そしてアデルは、両親がはしゃぐのを初めて見た。

　――公爵が私に求婚⁉

「そんなわけないでしょう？　だって……」

――いやらしい言葉が聞こえなかったもの。

と、うっかり言いそうになってから、アデルはこう続ける。

「公爵ほどのお方なら、お相手の女性は選《よ》り取り見取りでしょう？」

実際、ブルーノと噂になるのは成熟した色気のある女性ばかりだ。既婚者も少なくない。

そもそも、あの間抜けな着ぐるみ姿を見られたのだから、結婚相手どころか、女として見られていない気がする。

――欲望の声が聞こえないはずよね。

そんな娘の心を知る由もなく、父が栄誉を噛《か》みしめるように、訥々《とつとつ》と語ってくる。

「そうだ。選り取り見取りなのに、おまえを選んだということだ。国王陛下のいとこにして若き宰相。陛下から絶大な信頼を寄せられる公爵と親戚関係になれるなんて、こんな名誉なことがあるだろうか」

母が、握る手に力をこめ、顔を近づけてじっと見つめてきた。目が血走っている。

「お父様と三人の弟の出世と、三人の妹の嫁ぎ先、頼んだわよ」

――重い……。

「さあ、急ぎドレスを新調しないと」

母がいつになく息まいている。

「え？　ドレスって？」

父が両腕を広げる。

「半月後に公爵邸に招待されているんだ。なんと子どもたちも全員！　結婚を前提に、公爵家との家族ぐるみのおつきあいの始まりというわけだ」

「お母様、私にもドレスを新調させてくださいな」

最近おしゃれに目覚めた十四歳の妹が、早速おねだりを始めた。

将来、エンフィールド伯爵家を背負うことになる十七歳の長男が、こんな報告をしてくる。

「姉上が大修道院に出かけるのとほぼ入れ違いで、門前に公爵家の豪華な馬車が停《と》まったものだから、大騒ぎですよ。馬車も侍従長の服装も大変格式の高いものでした」

二番目の妹がうっとりと宙を見た。

「それだけ、お姉様に本気……ということですわね」

末の九歳の弟がアデルのスカートを引っ張ってくる。

「公爵のおうちはとても大きいんだって！　僕、楽しみだな！」

弟妹たちも大興奮で、結婚したくないなどとは到底言えそうにない雰囲気だった。

――こうなったら公爵本人に翻意《ほんい》していただくしかないわ！

そんな焦る気持ちを抱えているというのに、公爵家訪問のときのドレスやら小物やらの準備につきあわされ、アデルはひとりで外出する機会がなかった。

ようやく十一日目に「この縁談がうまくいくよう、お祈りしてきます」と、家を抜け出し、キースリー大修道院に向かうことが叶う。

ファルコナー公爵と会えそうな場所として、ここしか思い浮かばなかった。公爵邸で両家が顔合わせをする前に、なんとか結婚を思いとどまってもらわないといけない。

修道院に着いたときには雨になっていた。

──今日はお外で絵本は読めないわね……。

読み聞かせは口実で、あわよくばブルーノに会えるのではないかと思って来たのだが、つい絵本のことを考えてしまうアデルだ。

アデルが中に入ると、まだ昼寝中の子がいるからと、三十代の修道女ふたりと客間で、お茶をすることになる。

ふたりとも柔和で温かい人柄だ。アデルは自分も彼女たちの一員になれると思っていたが、その平穏な未来が今、崩れかかっている。

「この間、私、ファルコナー公爵にお会いしたんですよ」

恰幅《かっぷく》のいい修道女から藪《やぶ》から棒《ぼう》にブルーノの話題が出てきて、アデルは度肝を抜かれた。

「ええ？　それは……どうしてです？」

もうひとりの小柄な修道女が声を潜《ひそ》めた。

「どうも……失踪した女性を捜しているみたいなんですのよ」

「もしかして、公爵の元恋人なんじゃないかしらって、盛り上がっていたんです」

「こ……恋人?」

アデルは急に喉の渇きを覚える。

「ええ。もしそうなら、あの神がかった美しさの公爵を虜《とりこ》にするなんて、どんな女性《ひと》なのか気になってしまって。アデル様ならご存じなのではありませんか?」

現世の欲を捨てた修道女とはいえ、ふたりとも興奮した面持ちだ。あんな美丈夫、めったにいないので、人間《ひと》として当然の反応ともいえる。

彼が執着する女性がいることすら知らなかったのに、何者なのかなんて、アデルが教えてほしいぐらいだ。

「その元恋人……いえ、失踪した女性というのは、どういった方なのでしょう?」

「金髪に緑の瞳なんですって。あら?　アデル様と同じですわね」

「え……ええ」

「その女性が変装している可能性もあるからって、全員面接を受けましたの。それで私たちも公爵にお目にかかれたというわけですわ」

「そこまでするなんて……公爵はその方によほど執着なさっているのですね……?」

——なのに、私に求婚したっていうこと?

「公爵を失恋させる女性だなんて……どんな方なのか、すごく興味がわきますわぁ」

そう言いながら、恰幅のいいほうの修道女が躰をぶるんぶるんと左右に振っている。

「そ……そうですわね」

――だから私に欲情しないんだわ。

だが、その女性を今も捜しているのなら、独身のままでいればいいものを。なぜ今になって、アデルに求婚してきたのだろう。

――その本当に好きな女性が平民で、端《はな》から結婚をあきらめているとか？

そんなこと、〝貴族あるある〟である。

「そういえば、クリスティーナが、最近アデル様がいらっしゃらないって寂しがっていましたわよ」

「子どもたちは、もっと寂しがっていましたけどね？」

「私も会えなくて寂しかったですわ」

今日はいつもより早い時間に来たため、子どもたちはまだ昼寝中で、アデルは、その足で、二階にあるクリスティーナの部屋を訪ねる。

ノックをして「アデルです」と伝えると、開錠の音が聞こえ、木製の扉が開いた。

――昼間から鍵をかけているのね。

意外に思いながら中に入ると、クリスティーナが赤ちゃんを抱きかかえている。

「ご自分の部屋で赤ちゃんの面倒を見ているんですか？」

驚いて聞くと、クリスティーナが「この子は私の子なんです」と答えるではないか。

「ええ？」

まだ小さくて、二、三ヶ月の赤ちゃんだ。

「おひとりで……育ててらっしゃるんですか？」

クリスティーナが寂しげに微笑む。

「父親がいないという意味では、ひとりですわね。でも、この子……フレドリックを自分のお乳で育てられたのはよかったと思っています。それに、孤児院があるおかげで、仕事中、面倒を見てもらえるから……そういう意味ではひとりではありませんわ」

自身の母乳で実子を育てられないのは貴族女性ぐらいだ。やはり彼女は貴族出身である。

――辛い恋愛経験があるとは思っていたけれど……。

赤ちゃんの父親とは結ばれなかったということだ。

クリスティーナが赤ちゃんをあやしながら、アデルにこんなことを聞いてくる。

「この間、アデル様はファルコナー公爵と長時間、話し込んでいらしたようですが、何かあったのですか？」

――みんな、美形公爵が気になって仕方ないようね。

「どうも公爵は、金髪に緑の瞳の女性を捜しているようなんです。で、私、犬の頭をかぶっていたものだから、その想い人と間違われて、被り物を外すよう命じられたんですけど、中から私が出てきたというわけです。がっかりしたでしょうね」

　コミカルに語ったので、笑ってくれるかと思ったが、クリスティーナは安堵《あんど》したように「そうでしたか」とつぶやくだけだった。

「クリスティーナも面接を受けたんでしょう？」

「え？　ええ。とてもきれいな方でしたわ」

　そのとき彼女の腕の中で、赤ちゃんが「アー」と声を発して笑みを浮かべた。

　黒髪にはしばみ色の瞳——。

　髪は彼女と同じ黒髪だが、瞳は形も色も父親の影響を感じさせた。

「あの……以前、私が恋愛のない世界で生きていきたいと言ったとき、辛い恋をされたのではっておっしゃってくださったけど……私、恋愛経験がなくて……辛い恋ってどういうものなのでしょうか」

　クリスティーナは何も答えず、ただ困ったように笑うだけだった。

「あ、ごめんなさい。踏み込んだことを……」

「いえ。お察しの通り、この子の父親が辛い恋の相手ですわ」

「その方のこと、お嫌いになったのですか？」

　クリスティーナが静かに首を振った。

「愛しているからこそ別れないといけないことがあるんです」

「どうして……せっかく愛せる人が見つかったのに？」

クリスティーナが、寂しげに笑う。

「でも、愛する人に愛してもらえたら、その人に幸せになってほしいと思うでしょう？　ただ、私だと彼を幸せにできないと思ったんです」

いよいよわからない。

「その方は、あなたのことを愛しているんでしょう？　だったら、クリスティーナなしで幸せになんかなれませんよね？」

「殿方は愛だけでは幸せになれない生き物ですわ。私、こう思うんです。真の愛とは欲を捨てて相手の幸せを祈ることだって」

――欲……欲望ってこと……？

その通りだ。

アデルに欲情する男たちは、アデルの幸せなんて全く眼中にない。

「私の場合、誰にも愛されたことがないから……クリスティーナがうらやましいです」

「おかしなことをおっしゃいます。アデル様なら、どんな殿方だって夢中になりますわ」

「でも、私の幸せを祈ってくれる殿方も、幸せを祈りたくなるような殿方も、まだ現れていませんもの」

「きっともう現れているけど、気づいてらっしゃらないだけなんですわ」

——現れている？

頭にブルーノの顔が浮かんで、すぐに打ち消す。

「……そうだといいんですけど」

そのとき、子どもたちの声が聞こえてきた。

「あら、お昼寝が終わったようで……ワンワン兄の出番ですわね？」

「こちらで着替えてもよろしくて？」

「もちろんですわ」

アデルはバッグからワンワン兄のマントを出して両腕を通すと、頭部を取り出し、犬の顔をじっと見つめる。

舌を出した呑気な顔だ。

これを、ブルーノは真顔で、さすったりつかんだりしていた。

そして、アデルが作ったといったら、感心するような表情になった。初めてもらった好意的な眼差しに、アデルの心に温かい光が灯《とも》ったものだ。

そこまで思い出したところで、気持ちを切り替えようと、アデルは、がばっと勢いよくワンワン兄の頭をかぶって、すっくと立ち上がる。

これだけで、子どもたちの人気者に変身できるのだ。

アデルが一階に下りて大部屋に入ると、先に起きた子たちが何人か来ていた。

「みんな、いい子にお昼寝していたから、今日はたくさんご本を読んじゃうぞ！」

わーっと、うれしそうな歓声が上がる。

ちょうど空も晴れわたり、窓から入る日差しに笑みがきらめく。この世になんの憂いもないような気さえしてくる。

――やっぱり私、修道女として生きる！

ブルーノには本命がいる。髪と瞳の色が同じアデルは、身代わりのようなものに違いない。

アデルのほうから縁談を断れば退《ひ》いてくれるはずだ。

会う機会がなければ、従者のライオネルに頼んで手紙を届けてもらえばいい。

アデルは敢えて絵本を読むことに没頭した。そうすれば、何も考えずに済む。昼寝を終えた子どもたちがどんどん集まってくる。

十冊読んで、ようやく読み聞かせをやめた。もっと読んでほしいという子どもたちを「今度またおもしろい本を持ってくるから」と、なだめて大部屋を去る。

今、エンフィールド伯爵家では、アデルが最重要人物になってしまっている。空が赤みを帯びる前に帰らないと、大修道院の聖堂のほうに親が押しかけてきそうだ。

着替えるために客間に戻ると、視界にブルーノが飛び込んできて、アデルは我が目を疑った。

修道院に来れば彼に会えるなんて無理があったと、あきらめたところだったからだ。

　彼は、アデルを見ても驚くことなく、長椅子に脚を組んで座っている。今日は修道士の服ではなく、首元に白のクラヴァットを巻いた正装姿だ。

　――元恋人をまた捜しに来たの？

　アデルは慌てて頭の被り物をズボッと取って近くのテーブルに置いた。

　その様子を笑うこともなく一瞥《いちべつ》すると、ブルーノは優雅に立ち上がる。じっと見つめてくるものだから、アデルは狼狽《うろた》えてしまう。

「驚かせたね」

　何に対してか。

　今急に現れたことに？

　それとも、なんの前触れもなく親に結婚の意を伝えたことだろうか。

「そうですね。閣下には驚かされてばかりですわ」

　――そうそう。女子修道院に入りびたって女性を捜しているのも驚きだわ。

『王室の守護神』という雲の上の存在が、三週間前にアデルのもとに降臨してきた。だからといって、理解が深まったかというとむしろ逆で、いよいよどんな人物なのかつかめなくなってきている。

　その彼が間を詰めてきた。

　背が高いうえに風格があるので、ものすごい圧を感じる。

「礼儀を尽くすために、まずは、お父上に縁談を持ちかけたのだが、ご本人にも伝えるべきだと思ってね」

まるで、アデルがここにいるのを見通していたかのような口ぶりである。

ブルーノがアデルの目の前まで来ると立ち止まり、手を取ってきた。

「私と結婚してくれるね？」

屈《かが》むこともなく、見下ろしての求婚は不遜な印象しかない。しかも、断られるなんて微塵《みじん》も想定していないような顔つきだった。

これが全てに恵まれた男の求婚というわけだ。

だが、そうなるのも当然である。

この縁談を聞いたら、誰だってアデルの父母のように飛び上がって喜ぶに決まっている。アデルだって喜ぶべきだ。

たとえ、ブルーノに本命の女性がいて、その人の身代わりだったとしても――。

いや、身代わりだからこそ、このチャンスを逃さないようにしないといけない。いつ気が変わるとも知れないのだから。

だが、アデルの口を衝《つ》いたのはこんな言葉だった。

「以前も申し上げたと思うのですが、私、修道女になりたいと思っておりまして、求婚はお受けできません」

彼の片眉がぴくりと上がった。機嫌がいいとは言い難い表情だ。

「お父上は乗り気のようだったが？」

「それはそうですわ。誰だってファルコナー公爵家とはお近づきになりたいと思いますもの」

ブルーノがクッと小さく笑った。

「歯に衣《きぬ》を着せないんだな。だが、そういうのは嫌いじゃない」

――何この余裕……！

アデルは彼の鼻を明かしてやりたくなる。

「閣下はきっと、この国のどんな女性でも、ご自分と結婚できるとなると泣いて喜ぶとお思いなんですわ」

ブルーノがさらさらの銀髪を掻《か》き上げて余裕を見せた。

「実際そうだろう？」

「それは傲慢な考えというものです」

アデルが思いっきり感じの悪い物言いをしたところ、さすがのブルーノも眉をひそめた。

――嫌われるのが目的だから……これでいい。これでいいのよ。

それなのに、胸がずきんと痛んだのはなぜなのか。

「では君は？　いつも紳士たちを周りに侍らせているのは高慢ではないとでも？」

――やっぱり私のこと、高慢って思っていたのね……。

だから舞踏会であんな冷ややかな視線を送ってきたのだ。

この公爵も、ディアドラと同じだ。

本人がどういう思いをしているかも知らずに、外側だけ見て勝手に決めつけてくる。

「皆様が自主的にいらしてくださるだけですわ。ダンスだってプレゼントだって頼んだ覚えはありません。それなのに……どうして……どうし……こ、高慢なんて言われないと……いけな……です?」

普通に話そうと思っていたのに、最後、声が途切れ途切れになってしまった。

——こんなはずじゃ……。

しかも、喉元まで熱いものが込み上げ、瞳に涙がにじんでくる。

ブルーノが唖然としていた。

——求婚を取り下げてもらうのが目的だもの……これで……いいのよ。

高慢なうえに、批判されたら急に感情的になって涙を流す——自分がこんな情けない人間だなんて、アデルだって知らなかった。

冷静沈着な宰相のことだから、さぞや呆れていることだろう。

「プレゼントで競争させているわけじゃないのか……」

「あんなもの……あんなもの、いりませんわ」

「そうか……それで……」

──それで？

だが、ブルーノは言葉を継がなかった。

「わ、私だって……陰で自分が高慢令嬢って呼ばれているのを存じています」

──そうよ。高慢だって思っていたなら、なぜ求婚なんかしてきたのよ！

アデルは顔を上げてブルーノを見据えた。深く息を吸い、ゆっくりと吐く。

今度こそ感情的にならずに話したい。

「こんな高慢な女性を娶《めと》ってものちのち、お困りになるのは閣下ご自身です。今のうちに気が乗らなくなったと翻意して破談にされたほうがよろしゅうございますわよ」

さっきのように涙声にならずに、きっぱりと告げることができた。

──決まった！

「いや、ますます欲しくなった。傲慢と高慢、いい組み合わせじゃないか」

アデルは耳を疑ってしまう。

──きっぱり断ったつもりなのに……何、この超展開⁉

彼はといえば、口角が上がっていて、うれしそうにも見える表情だ。

本当にブルーノの考えは読めない。

ここで欲望が聞こえれば、胸が目当てなのか尻が目当てなのか、わかろうものの、今、幸か不幸かアデルは毛糸のマントをまとっていて、さすがの公爵も犬には欲情できないようだ。

「茶化《ちゃか》さないでください。どうして私なんです？」

「自分でもよくわからないのだが、君をほかの男に渡すわけにはいかないんだ」

——よくわからない？　渡せないから結婚する？

求婚するときというのは、嘘《うそ》でも好きだとか愛しているとか言うものだ。実際、アデルの取り巻きはそんなふうに求婚してきた。

——漏れなくえげつない欲情の声つきだったけどね！

アデルがどう応じたらいいのか躊躇《ちゅうちょ》していると、「失礼」と、大きな手が伸びてきた。犬の胴体に模したマントの紐をほどかれ、そのまま引っ張り上げられる。マントに引きずられて修道女の黒いスカートもめくれ上がるものだから、アデルは慌てて押さえた。

「な……何を？」

「毛糸のマントは、暑いんじゃないかと思ってね？」

「それはそうですけど……淑女が着ているものを勝手に取り上げるなんて！」

口では強気なことを言いつつも、アデルはとてつもない羞恥に襲われていた。

今、身に着けているのは、胸が開《あ》いていないどころか黒の修道服なのに、どうしてこんなに恥ずかしいのだろう。

「へえ。マントの下は修道服なんだね？」

まとわりつくようなブルーノの視線に耐えかねて、アデルは無意識にうつむく。

──そういえば、ほかの男に渡したくないっておっしゃっていたわ。

「私を渡す相手が神様だったらいいでしょう？　〝ほかの男〟にはあたりませんわ」

するとクッと小さな笑い声がしたあと、こんな言葉が頭上から降ってきた。

「そうか……女神を争うとなるとやはり相手は神か。私の恋敵はそのくらい手強《てごわ》くないとな」

どこからどう突っ込んだらいいのかわからず、アデルが戸惑いながら顔を上げると、ブルーノが余裕の笑みを浮かべている。

「ご両親は、君を修道女にするつもりは微塵《みじん》もないようだから、神との勝負は私の不戦勝かな。いくら男嫌いでも、君は伯爵家の令嬢として人間の男と結婚するしかない。現実を見たらどうだ？」

子どもを諭《さと》すように告げられた。

これではまるでアデルが駄々《だだ》を捏《こ》ねているようではないか。

だが、そういう彼こそ自身の身勝手な願望をアデルに呑み込ませようとしているだけだ。

「公爵閣下が翻意したことにしていただければ、両親はおとなしく従いますわ」

「そうやっていつまでも男を避けて生きていけるとでも？　食わず嫌いはいけない。少し食べてみたらどうだ？」

「食べる……って何をです？」

「……私だ。味見してみたらいい」

アデルはブルーノに顎を取られて上向かされ、そのまま唇を押しつけられる。

――嘘――！

アデルはあまりの驚きに目を見開く。眼前の彼の顔を見て、さらに驚くこととなる。

というのも、眉間に皺《しわ》を寄せ、感じ入るように目を閉じたブルーノの顔があったからだ。

――あの公爵がこんな表情を⁉

しかも、そんな表情を向けられているのがアデル自身なのである。

ブルーノが、まるで飴玉《あめだま》でも味わうようにアデルの唇全体を舌で舐《な》め回し、上唇をしゃぶり、ちゅっと音を立てた。

弾みで口が開《あ》いたところで、すかさず、舌をねじ込まれる。

――な、何これ？

異物が口内で蠢《うごめ》く感覚に驚き、アデルは咄嗟《とっさ》に胸板を突っぱねたが、離れるどころか、背に腕を回され、さらに密着することになる。

身長差があってブルーノが背を屈めているため、密着するのは下半身だけで、なぜだか変な気分になってくる。

アデルは頭を退《ひ》いて顔を離し、そのせいでバランスを崩した。後ろに倒れそうになったところで、彼のたくましい腕に支えられ、仰《の》け反《ぞ》るような体勢で静止する。

だからといってブルーノは唇を離すことなく、上から蓋をするようにして頬の裏から喉奥、

そして口蓋を舐《な》め回してきた。

舌と舌が触れるたびに起こる、ぬるりとした感触、そしてふたりの唾液が混じり合って立つくちくちという淫猥《いんわい》な音、そんな感覚で頭をいっぱいにしていると、頭の奥がじんじん痺《しび》れてくる。

薄目を開けると、彼の瞳は酩酊《めいてい》したように細まっていた。

そのとき、アデルの背筋を、今まで感じたことがないような快感がぞくぞくと這《は》い上がっていった。

あの冷ややかな眼差しを送ってきた青い瞳が、信じられないことに今、ずっと欲しかった宝石をようやく手に入れたかのようにアデルを見つめている。

アデルは、いつか公爵とこうなれたらと心の奥底で夢見ていたように思う。ただ、あまりに別格の存在で、端《はな》からあきらめていただけだ。

いつしかアデルは彼の大きな背にすがるように手を回していた。やがて、唇が離れる。

アデルは口を半開きにして呆然《ぼうぜん》としていた。

「背中の手は……つまり私が欲しくなったということだな?」

アデルは慌てて彼の背から手を離したが、腰を引き寄せられ、脚の付け根に大腿を押しつけられた。

急に密着している部分が意識される。

布越しでもわかる、彼の鍛え抜かれた大腿。スカートと下着で守られているのに、なぜか下腹部が熱くなっていく。

「物欲しそうにして……今度はアデルが私の中を味わってみたらどうだ？」

ブルーノが顔を近づけ、わずかに口を開けた。

試すような眼差し向けられ、アデルは動揺してしまう。

「そ……そんなこと！」

「食べるより食べられたいって？」

ブルーノが横目でアデルの瞳を見つめながら、首筋にくちづけ、舌を這《は》わせてくる。

「あぁ」

うっかり感じ入るような声を出してしまった。

――はしたないわ！

「こっここは修道院ですのよ？」

「だが、君はまだ修道女じゃないし、これからも修道女にはさせない。神ではなく私に身も心も捧《ささ》げるんだ」

――なんて尊大な……。

だが、この公爵ほど、こんな偉そうな言葉が似合う男はいないだろう。

彼の目つきも、口の端が少し上がった唇にも、自信が漲《みなぎ》っていて、人を従わせる風格が備わっている。

そのとき、アデルの頭の中に、『もしかして、公爵の元恋人なんじゃないかしら』という修道女の声が響いた。

――やっぱり駄目！

アデルは彼の胸板を突っぱねる。

身代わりで慰め者になるぐらいなら――。

「食わず嫌いではなかったです。今ので無理だとわかりました。修道女になります」

その瞬間、彼の目が据わった。

「キスだけでは、わからないようだな」

「え？」

耳朶《じだ》をしゃぶられ、アデルは肩をすくめる。

「ひゃ」

「いい声が出せるじゃないか……男嫌いというのは嘘だな？」

言いながら、スカート部分をたくし上げてきた。

ドロワーズの上から太ももを撫《な》で上げられる。

「あ……そこは……」

「ここがいいのか？」

濡《ぬ》れた耳に息がかかって、それだけでびくんと躰全体が勝手に反応してしまう。

「ちがっ」

「どうかな？　本当に違うのかな」

ブルーノが片膝を突いてスカートをめくり上げると、頭の上にばさりと放った。

──嘘……こんなところに閣下が……！

彼の手が腰のあたりで蠢いていると思ったら、ドロワーズが床に落ちた。

「え……何を……？」

貞操の危機である。

アデルが屈んでドロワーズを拾おうとしたそのとき、太ももに濡れたものが触れた。

「あ……そんな……とこ……」

彼の舌が脚の付け根に近づくにつれ、脚ががくがくして立っていられなくなり、アデルは背後にある長椅子の肘掛けをつかんだ。つかんだ手が震えているのが自分でもわかる。

「力が入らなくなってきているようだな」

スカートの下からくぐもった声が聞こえたかと思うと、大きな手で腰を支えられ、内ももを強く吸われた。

「んっ」

アデルは細い首を仰け反《そ》らせる。

「こんな徴《しるし》をつけられて……君はもう、私のところにお嫁に来るしかないよ？」

――どうして、そこまでして私を……？

だが、すぐにそんな疑問は霧散する。舌が再び這い上がってきたからだ。快楽の核心にじわじわと近づいてくる感覚に、アデルは皮膚という皮膚を粟立《あわだ》てる。

「ぁあ！」

彼の舌が太ももの付け根にたどりつき、アデルは長椅子の座面に尻もちをついた。

「気が利《き》くね。これで、可愛がりやすくなる」

ブルーノが長椅子の前にひざまずくと、スカート部分をたくし上げる。太ももをつかんで、片脚だけ彼の肩に掛けた。

「……や……見ないで」

「それなら、脚を閉じてごらん」

腰砕けになっているアデルにそれができないと踏んで、こんなことを言ってきている。

「閣下……意地が悪《あわい》ぅ……ううん……ぁあ」

彼に太ももの間を舐め回されていくうちに、どんどん下腹が熱くなっていく。その熱を冷ますかのように自身の中から蜜があふれ出る。

信じられないことに、じゅじゅっと蜜を吸う音が立ち、アデルが下に目を向けると、広げた太ももの向こうから、双《ふた》つの精悍な瞳がこちらを観察するように見つめている。

アデルはと言えば、さっきから、じっとしていられず、頭を椅子の背面にこすりつけて身をよじっているというのに、彼は表情を崩していない。

そんな彼の態度とは裏腹に、なぜかアデルの気持ちは昂《たかぶ》っていく。

「ぁあ！」

彼の舌が生き物のように、媚肉の狭間《はざま》へと侵入してきて、アデルは小さく叫んだ。どこかへ飛んでいきそうになり、肘掛けをぎゅっとつかむ。

未踏の路《みち》をこじ開けるように舌が押し込まれたと思ったら、退《ひ》かれる。蜜壁がこすれるたびに、全身を圧倒的な快楽が襲ってくる。

「そんな……とこ……駄目ぇ」

「もっと駄目にしてやろう」

舌で浅瀬の壁をこすりながら、彼の指が下生えのほうへと滑り、やがて小さな芽のようなものを捕らえる。

「え……何？」

そこを指先で撫でられていくうちに、だんだん意識が遠のいていく。それなのに、彼が蜜源をじゅうっと強く吸ってくるものだから、たまらない。

「ぁ……ゃ……いけま……せ……かっ……かぁ……閣下……」

ブルーノが何も答えず、再び浅いところに舌を沈めてきたその瞬間、アデルは腹の奥が痙攣《けいれん》したのを感じ取る。

と、同時に頭の中が真っ白になった。

しばらく意識を失っていたが、「ここ……ひくひくしてる」という声で、アデルはようやく我に返る。

気づけば、長椅子に座る彼の肩にしなだれかかっていた。

しかも、ブルーノが顔色ひとつ変えずに、その長い指で秘所をくちゅくちゅと掻き回している。

急に羞恥心が蘇《よみがえ》り、制止しようと彼の大きな手をつかんだところで、扉をたたく音とともに修道女の声が聞こえてきた。

「公爵閣下、アデル様の従者の方がご心配されていますが、いかがいたしましょう」

アデルが窓のほうに目を向けると、カーテンの隙間から入る日差しは朱を帯びていた。

「か……帰らないと！」

くるぶしに引っかかっていたドロワーズをたくし上げ、スカートを直すと、アデルは慌てて立ち上がる。

それなのに、ブルーノは焦る様子もなく、ゆっくりと腰を上げた。

片手でアデルの腰を引き寄せ、小声で耳打ちしてくる。

「修道院で秘所をいじられ、悶《もだ》えた挙句に意識を失うなんて……修道女にはなれそうにないね？」

「な……！」

アデルはブルーノを振りあおぐ。

「しかも、びしょびしょだ」

彼が含意ある眼差しを向けてきたかと思うと、蜜に塗れた指をしゃぶった。

そんな変態的なところを見せつけられたというのに、なぜかアデルは、心の根源のようなところから湧き上がる快感に身を委ね、恍惚《こうこつ》としてしまう。

そのとき、彼が浮かべた笑みは禍々《まがまが》しいぐらいに美しかった。

舞踏広間で見かけた、ディアドラに向けたような微笑を、いつか自分にも向けてほしいと思っていた。

だが、今もらった笑みには何か得体の知れないものを感じる。

その後、何事もなかったかのようにブルーノが馬車までついてきた。

「アデルが戻らないので心配し……」

御者台から飛び降りたライオネルは公爵の姿を認めると口を噤《つぐ》んだ。ほかの人の前でアデルを呼び捨てにしてしまったからだ。

実際、ブルーノの眉間には深い皺が寄っていた。

――こっわ……！

しかも「やはり男が嫌いではないようだな」と耳打ちしてくるではないか。

何か勘違いされているような気がしてならない。

アデルが固まっていると、ブルーノが見せつけるように肩を抱き寄せ、ライオネルに問う。

「初めまして。私はファルコナー公爵ブルーノだ。君は？」

「私はアデル様の従者にして護衛のライオネルでございます」

「従者？　主人を呼び捨てにする従者がいるとはね？」

――私が小さいころからの呼び方を変えないでと望んだからこうなっているのに……。

アデルが動揺していると、ライオネルがこうかわしてくれた。

「いえいえ。お聞き間違いでございましょう。さ、アデル様こちらへどうぞ。早くお戻りにならないと、旦那様がご心配なさいますよ」

「あ……ありがとう」

ライオネルが差し出した手に、アデルが手をのせようとしたら、すかさずブルーノに手をつかまれ、馬車の中へとエスコートされた。

アデルがステップを上っても、彼の背のほうが高い。

「では、今度は私の邸で会えるのを楽しみにしているよ」

修道女になるなんて認めないということだ。

――私のことを好きでもないのに。

そう思ってから、アデルはハッとした。

――そうよ。だって、スカートの中に入ったときですら声が聞こえなかったわ。

あれはアデルに惹かれての行為ではない。言わば奉仕だ。

ブルーノは自身の欲望のためでなく、気のない女を自分のものにするために、手段として破廉恥《はれんち》な行いをした。

当の彼自身は愉《たの》しんでいないので声が聞こえない――。

そう考えれば腑《ふ》に落ちる。

そのとき、アデルは今まで体験したことのないような胸の痛みを感じた。

第三章　君の躰を研究って……閣下、真顔で言います⁉

「素敵〜！　お姉様ったら、もうすぐこのお邸の女主人になるのね！」

馬車の窓から、ファルコナー公爵邸の美しい屋根が見えてきて、おめかしした十四歳の妹が歓声を上げた。

だが、隣に座るアデルに目を向け、高揚した彼女の顔が一変する。

それも無理のないことだ。

アデルは窓外を眺めることなく、座席に身を沈めてやさぐれていた。

「お姉様、気分でもお悪うございますの？」

「いえ、緊張しているだけよ」

「私たちも緊張しているわよ。ねえ？」

アデルのお向かいに座る母が隣の父に顔を向けた。

父が、うなずきで返す。

「今後、アデルが公爵家でうまくやっていけるよう、我々が公爵家と対等であるという誇りを持った言動をしないとな」

「安心なさって。ここ一週間、子どもたちには、みっちりマナーを仕込んだから、今すぐ社交界デビューしても大丈夫なくらいよ」

「さすが、ヴェロニカ。私は幸せ者だよ」

「まあ、子どもたちがいる前ですわよ」

そうたしなめつつも母は、笑みを浮かべて扇を広げた。

貴族にしては珍しく、エンフィールド伯爵夫妻は仲がいい。

だから、アデルは社交界デビューする日までは、こんなふうに自分と釣り合う男性と結ばれて仲良く暮らしていくものだと信じていた。

――欲望さえ聞こえなければ……。

と思ったところで、アデルは首を傾《かし》げる。

ではなぜ、欲望が聞こえない公爵との結婚に不満を感じるのか。

――わかったわ。

何がいやかと言えば、アデルだけが感じて、ブルーノが涼しい顔をしていることだ。彼はアデルの躰ではこれっぽっちも興奮しない。

ずきんと、またしても胸が痛む。

今までブルーノと噂になったのは熟《う》れた色気の女性ばかりだ。

明らかに、アデルは彼の好みではない。

しかも、先日、情報通のライオネルに、こんなことを聞いた。

ブルーノが時間を見つけては、あちこちの女子修道院を訪問しているというのだ。

もともと、舞踏会では、彼はアデルに全く興味を示さなかった——。

いや、むしろ、冷ややかだった。

修道院で会ってから食いついてきたところからして、もしかして、背徳的なのが好みなのだろうか。

そもそも、彼は元恋人を捜しているくせに、なぜアデルと結婚しようとしているのか。

やはり、本命は平民で、結婚までに妻と愛人、両方そろえようとしているのではないか。

憶測ばかりが、アデルの頭に浮かんでは消えるのだった。


エンフィールド伯爵家の馬車が公爵邸に到着すると、門番たちが黄金の柵でできた門扉《もんぴ》を重々しく開き、翼を左右に広げたようなクリーム色の荘厳な三階建ての邸館《ていかん》が現れる。

三台の馬車がそのエントランスに向けてまっすぐ進み、車回しで停まると、すでに、ブルーノとその母親が迎えに出てくれていた。

彼の母、ジョスリンは、優美さと機知に富んだ会話で社交界の華だったと聞く。夫が亡くなると、きっぱりと社交界に顔を出さなくなったことで、さらにその評価を高めたそうだ。

アデルが馬車から顔を出すと、ブルーノが笑顔で迎えてくれた。すかさず手を取ってエスコートしてくる。

アデルはジョスリンと対面し、彼女の美貌と存在感に圧倒されてしまう。

なんといってもその瞳の美しいことといったら！　ブルーノのきらめく海のような青い瞳は母譲りだったのである。

「皆様おそろいで、ようこそいらっしゃいました。私が母のジョスリンです」

そう言われて初めて、アデルは自分が挨拶するのも忘れて見入ってしまっていたことに気づく。慌てて腰を深く下ろし、丁寧な辞儀をする。

「は、初めまして。私はエンフィールド伯爵家のアデルと申します。本日はお招きいただき、光栄に存じます」

ジョスリンが艶《あで》やかな笑みを浮かべた。

周りを圧倒する気品と美しさにアデルは、ぽうっとなってしまう。

――いえ、待って。

ブルーノと結婚するということはつまり、アデルはジョスリンの後継者になるということだ。比べられるのは目に見えている。

――ファルコナー公爵家の権威が地に落ちちゃう！

肩の荷が重すぎて、正直、アデルは全力で逃げ帰りたい気持ちになった。

そんな雲の上の存在であるジョスリンに両手で手を取られる。

「あなたの存在は奇跡よ。あの子がようやく結婚しようとしてくれたのだもの」

――しかもこんな立派な方に感謝されてるし！

「め、滅相《めっそう》もございません。私ごときに務まりますかどうか……」

「まあ、ご謙遜《けんそん》。いろいろ教えて差し上げるのでご安心なさって」

――なんてお優しい！

アデルが感動のあまり目を潤ませたそのとき、ジョスリンの視線が下にずれ、ある一点で止まった。この現象は、舞踏会でアデルが何度も経験してきたことだ。

――ま……まさか？

そのまさかである。

彼女が自身の心を隠すかのように口元に扇を広げると同時に、例の声が聞こえてきた。

【若すぎて好みじゃないと思っていたけれど、この胸、そそられるわ。乳暈《にゅううん》は大きめかしら。それなら、なお好みね。同居してからのラッキースケベに期待ってところね】

――らっきーすけべ？

知らない単語が混じっているところも舞踏会の男性の声を彷彿《ほうふつ》とさせる。

「すみません、おそらく小さいほう……」

と、うっかり乳暈のサイズ感について答えそうになってからアデルは慌てて「ぜひ、いろいろご教授くださいませ」と口角を上げたが、ちゃんと笑えていたか自分ではわからなかった。

ちらっとブルーノに目をやると、いつもの下目遣いで涼しい顔をしている。

——母親が私に欲情して、あなたはしないってどういうことよ！

エンフィールド伯爵一家が通された食事の間《ま》は、舞踏会でもできそうな広さで、クリーム色の壁には黄金の装飾が這い、一定間隔で配置された絵画の中には、アデルでも知っているような名画がある。

その中央に鎮座する長細い巨大なテーブルには白い布が掛かっており、その上には銀食器や銀の燭台が並んでいた。

そして、アデルの対面には、この部屋が霞むぐらい美しい男が座っている。

——もし結婚したら、このきらびやかな部屋で、このきらびやかな人と食事をするわけ？　どうしても、そんな未来は想像できなかった。

午餐会《ごさんかい》では、両家ともに当たり障《さわ》りのないことばかり話し、弟妹はいつになく緊張した面持ちで、ひたすらマナーのことを気にしながら食事をしていた。

弟妹たちにとって堅苦しいだけの会食だったかもしれないが、アデルにしてみたら、ジョスリンの開放的な欲望の声が聞こえてきて、終始、落ち着かなかった。

同性が欲望の対象になる人がいるのは知っていたが、自分がその対象になるとは思ってもいなかったのだ。

――どちらかというと、ご子息のほうに欲情していただきたいんですけど！

午餐会が終わると、ブルーノが庭に案内してくれた。

花々に囲まれた一角には、椅子が並べられており、その前には人形劇の舞台があった。赤いベルベッドの幕まであって、さながら小さな劇場である。

ブルーノが、王都一の人形劇団を呼んでくれていたのだ。

初めての人形劇に弟妹たちが大興奮している。

――なんて素晴らしいの！

いつか孤児院の子どもたちにも観せてあげたいものだ。

そのとき、ジョスリンがブルーノにこんな提案をした。

「ブルーノ、せっかくだからアデルに、お庭をご案内してはいかが？」

そこにジョスリンの心の声がかぶさる。

【アデルが立ち上がったら、扇情的なお尻をもう一回堪能させていただくわよ】

ジョスリンがその瞬間を見逃すまいとカッと目を見開いた。人形劇にはこれっぽっちも興味が湧かないようだ。

そんなジョスリンの邪《よこしま》な意図に気づくことなく父が加勢してくる。

「それはありがたいご提案です。ふたりきりで話す機会など、今まであまりなかったでしょうから」

「アデル、よかったわね」

真顔で母にそう言われた。

求婚の申し込みが来たとき、喜びながらも、舞踏会で踊ったこともないのに、と心配してくれた母のことだ。少しでも結婚前にお互いを知ってほしいと思っているのだろう。

――親心ってやつね。

アデルが、じーんと心を温かくしていると、ブルーノが立ち上がった。

「では、庭を散歩しよう」

ブルーノがアデルに手を伸ばしてくる。

アデルが手をのせつつも、なるべく臀部《でんぶ》がジョスリンに見えない角度で立ち上がったら、声は何も聞こえなかった。彼女が半ば瞼《まぶた》を落とし、つまらなさそうにしている。

「うちの庭は広いから、休み休み参りましょう」

社交界一の美形に、優雅に微笑まれ、アデルは複雑な気持ちになる。

こんな立派な人が、修道院でアデルに破廉恥なことをしたと言って、誰が信じてくれるだろうか？

――どう考えても、私がいやらしい妄想をしているとしか思ってもらえないわ。

そんなことを考えて、アデルがつまずきそうになったところで、「おっと」と、ブルーノに腰を抱かれ、ことなきを得た。

たくましい腕に、アデルはうっかり、ときめいてしまう。

「あ……ありがとうございました」

「丘に登って景色を眺めようか」

視線を上げると、人工的に造られたと思われる緑の丘があり、その頂上には小さな白い館が建っていた。

――庭に丘があるなんて……すごいわ。

そもそも、王都の邸がこれだけ大きいということは、領地にある邸は一体どれだけ広大なのだろう。

――政務で忙しいから、あまり領地に行かないとは聞いているけど……。

ブルーノが当たり前のようにアデルの手を取り、遊歩道へと足を踏み入れる。

――指、長い。しかも骨張っている……。

自分とは違う、大きくて力強い手が猛烈に意識された。

しばらく無言で歩いて、ようやくアデルにも周りを見渡す余裕が出てくる。

左右の木々が新緑を誇るように枝を広げ、陽《ひ》を遮ってくれているうえに、優しい風が吹いて緑がそよそよと揺れる。小鳥のさえずりも聞こえてきて、心が洗われるようだ。

アデルが木々を見上げていると、ブルーノがこちらを向いた。

「母と会ってみていかがだったかな？」

いきなり現実に引き戻される。

——いかがも何も……あの声……！

などと言うわけにもいかず、アデルはぐいっと口角を上げた。

「伝説の公爵夫人を、この目で見られる日が来るなんて思ってもおりませんでしたわ」

ブルーノが苦笑する。

「伝説の？　まあここ二年、社交界に顔を出していないからね」

「あ、あの……前《さき》の王弟殿下がお亡くなりになったあと、ジョスリン様が舞踏会にお出《い》でにならなくなったということは、旦那様を深く愛されていたということですよね？」

ジョスリンが女性だけでなく、男性にも欲情できるのかが、アデルは気になっていた。

「私の親は政略結婚だよ」

愛についてあっさり否定された。

アデルが戸惑っていると、ブルーノが言葉を継いだ。

「二年前、父が亡くなったあと、若すぎる私が宰相の座を受け継ぐことができたのは、母の兄、ベックウィズ侯爵の力添えあってのことだ」

つまり、ジョスリンが夫を愛していようがいまいが、権勢のある家柄の出で、後継ぎさえ残してくれれば御《おん》の字ということだ。

「そう……ですか。でも私の父では、あまりお役に立てないのではないでしょうか」

「そういう意味で言ったのではないよ。政略結婚にも、それなりに利点があると言いたかっただけだ。だが、我々は恋愛結婚だろう？」

ブルーノが含意のある眼差しを向けてきた。

――恋愛結婚？

彼が自分に少しでも恋愛感情を持ってくれているなら光栄なことであるが、少し違うような気もする。

アデルの逡巡《しゅんじゅん》が見透かされたのか、ブルーノの目つきが鋭くなった。

「恋愛結婚だよね？」

「は、はい」

ここは、アデルに同意させないと気が済まない重要ポイントだったようだ。両親に愛がなかったからこそ、自分は恋愛結婚をしたいという願望があるのだろうか。

「君のご両親のように子どもたちに囲まれて仲良く過ごそう」

――私の両親のように？

まさかブルーノの口から、そんな言葉が出るとは思ってもいなかった。

社交界デビュー前に想像していた、自分と釣り合う人というには失礼にあたるほど地位の高い男性だが、ある意味、本来の望みが叶おうとしているのだろうか。

アデルの心に希望が灯り、ブルーノの顔を見上げると、なぜか彼が目を逸《そ》らした。

「そんな目で見られたら……」

――私、また物欲しそうな顔をしてしまったのかしら。

「あ、あの……両親のこと、評価してくださり、ありがとうございます」

ブルーノが自身の口を手で覆った。

照れているようにも見えたが、アデルは、さすがにそれはないと、すぐに打ち消す。

彼が腕を伸ばし、遊歩道の向こうに見えてきた白い館を指した。

「あそこで休もうか」

その建物は円形の二階建てで、休憩所というには大きく、何本もの優雅な円柱で支えられており、柱頭に刻まれた草花の彫刻がとても美しかった。

「なんて素敵なんでしょう」

ブルーノに手を引かれ、アデルはアーチ状の入り口をくぐる。

その先には白樺《しらかば》と思われる木製の大きな扉があった。使用人は誰もおらず、ブルーノが自ら扉を開き、中に入るよう、うながしてきた。

中も壁が白く、壁を這う草木の装飾まで白で統一してあった。

ブルーノが後ろ手でドアを閉めると、意味ありげにアデルを見つめてくる。

「ここ、どうして堅固に造られていると思う?」

「え? 堅固なんですの? そういえば扉も分厚かったですわね」

「この建物は防音に優れていてね。密談に使うためにあるんだよ。作戦会議を開いたこともある」

「まあ! 歴史的な場所と言えるのではありませんか?」

アデルは興味津々で奥の部屋に進む。

広々とした部屋の中央にある白樺のテーブルを、モスグリーンの座面の椅子十数脚が囲んでいる。空色のカーテンは草花が刺繍されていて、『密談』という不穏な言葉とは結びつかない清涼な雰囲気だ。

「中も素敵ですわ」

ブルーノが、ちらっとアデルを横目で見て、歩を進めた。

「そう。このテーブル」

彼がテーブルに手を置く。

「ここに地図を広げて地形について研究したんだ」

「まあ! ここで?」

アデルがテーブルに身を乗り出すと、なぜかブルーノがコートを脱ぎ、机上に広げた。さらにはウエストコートまで脱いで重ねる。

——コートを地図に見立てるつもりかしら？

と思った瞬間、アデルは持ち上げられ、二枚のコートの上で磔《はりつけ》にされていた。

「え？　あの……閣下？」

下肢がテーブルから垂れていて、慌てて脚を閉じようとしたら、ブルーノが察知したのか脚と脚の間に割り込んでくる。スカートがあるとはいえ、布越しに触れ合い、アデルは下肢が妙に意識された。

「今日は君を研究しようと思ってね？」

「け、研究？　私を……ですか？」

上背のある彼が背筋を伸ばしたまま、アデルの腹に手を置く。腹部なんて敏感な場所でもないのに、びりびりと甘い痺れが全身を駆け巡った。

「実戦の前に、いろいろ馴《な》らしておく必要がある」

「じ……実戦？」

初夜のことを言っているのだろうか。

ブルーノが顔を近づけてきた。

仰向《あおむ》けで左右に腕を伸ばしたアデルの手に手を重ねてテーブルに縫いつけたまま、観察するように見下ろしてくる。

これは好きな女に向ける目ではない。

少なくとも、アデルに欲情した男どもは、少しは感情のこもった目で見てきたものだ。

――ブルーノだって愛する人には熱い眼差しを向けるはずよ。

「ほ、ほかの女性にもこんなことを？」

ブルーノがなぜかうれしそうに微笑んだ。

「嫉妬か？　だが、意味がないからやめたほうがいい。母は女友だちが多くてね。しかも、お茶会に私を同席させるのが好きなものだから、よく誤解されるんだ。女性たちにとって私と噂になるのは勲章みたいなものだから、噂は否定しないようにしている」

そのとき彼の母、ジョスリンの心の声を思い出した。

【若すぎて好みじゃないと思っていたけれど】

つまり、そういうことだ。ジョスリンはもともと熟女好みで、息子をダシにして自邸に招いている。だから、ブルーノは色気のある女性が好みだという噂が流れているのだ。

――火のないところに煙は立たないって言うけど……。

ブルーノの端正な顔を見ていると、アデルは可笑《おか》しくなってしまう。

「そう、そういう訳だったんですね」

すると、ブルーノが意外そうに瞬《まばた》きをした。

「……すんなり信じてくれるんだね？」

公爵に執着する女性は、こんな嘘くさい言い訳を信じないだろうが、ジョスリンの声が聞こえたアデルには納得しかない。

「アデルは、こんなにも素直で可愛いんだな」

彼が屈んで愛《いと》おしげに頬ずりしてくる。

人を疑わないのを褒められ、アデルは、修道女捜しのことを聞くに聞けなくなってしまった。

ブルーノが顔を傾け、唇に唇を重ねてくる。

もちろん、唇が触れるだけで終わることなく、口内に水気のある異物が入り込んでくる。

彼は奥まで占領すると満足したのか、ゆっくりと舌を取り出した。

唇が離れたあとも、まだ彼が入り込んでいるような気がして、アデルは口を開けたままになっていたが、首元に巻いていたスカーフを引き抜かれ、慌てて彼の手を制止する。

「あの……婚前交渉は……」

結婚前に処女を喪《うしな》い、さらに子どもまでできたら、クリスティーナのように、ひとりで子を育てることになってしまう。

と思ったものの、よく考えたら、それも悪くないのではないか。

アデルはもともと修道女になりたかったのだから、子連れでも受け入れてもらえるなら、ひとりよりも子どもとふたりで入るほうが寂しくないように思う。

「大丈夫。子ができるようなことはしない。本番で痛い思いをさせたくないだけなんだ」

耳元で掠《かす》れた声で囁かれ、アデルはぶるりと震えた。

「い……痛いんですか」

「知らないの？」

「え、ええ……」

——お母様ったら、隠していたわね！

痛いと知ったら、娘《アデル》が結婚したくないとか言い出しそうなので、黙っていたのだろう。

「いきなりだと痛むだろう？　だから、結婚前に馴らしていったほうがいいと思ってね？」

言いながら、ブルーノがアデルの背に手を回してテーブルから躰を少し浮かせ、背側のホックをひとつ外した。

アデルは彼の腕をつかむ。

「ドレスが乱れたりしたら、私、家族と顔を合わせられません」

彼が、アデルの真上に乗り出し、顔をのぞき込んできた。

「へえ……てことは、家族に知られなければいいってことだよね？」

言いながら、ブルーノがもうひとつ目のホックも外してくる。

「そういう問題ではありません」

アデルが起きあがると、「外しやすくなって助かるよ」と、さらにホックを外されたものだから、ものすごい勢いで仰向けに戻る。

「素早いな」

ブルーノがクッと笑って、ドレスの肩口をずり下げてくる。

「キャッ……何を！」

ぴっちりと肩から胸を覆っていた薄ピンク色のシルク布がずれ、下着が露《あら》わになっていた。

「気持ちよくしてあげるよ？」

彼にコルセットごと下着をずらされ、乳房が剥《む》き出しになる。

「何をなさって……！」

アデルが下着を持ち上げようとすると、すぐに手を取られて外された。

「君はこの世の何よりも美しい」

――真面目な顔して言うことー⁉

「抵抗すると服が破れて、ご家族に何があったのかと驚かれるよ？」

こんな脅し文句のような言葉を、まるで愛でも語るかのように言ってくる。

「……見ないでください」

アデルは顔を背けた。

「確かに、見るのは危険だ」

「危険なのは……閣下のほうですわ……」

「そういうとらえ方もあるな」

——そういうとらえ方しかないわよー！

「このまま君を帰さずに監禁できたら、ずっと眺めていられるのに」

言いながら、ブルーノがアデルの乳房を持ち上げるように揉《も》みしだく。

「……あっ」

彼の骨張った指が食い込み、淫らに弾む乳房を目にして、なぜか下腹がむずむずしてくる。

ブルーノが揉むのをやめて、手で胸のふくらみを盛り上げたまま動きを止めた。

「仰向けになると、丘はなだらかになるが、こうして寄せ集めると隆起《りゅうき》する。君の地形は興味深い」

キュッと双つの乳首を摘まれると、アデルの喉奥から「ふぁっ」と高い声が漏れ、自《おの》ずと腰を浮かせてしまう。

「いい反応だ……今日は地図ではなく本物が広がっているのだから、どこをどうすれば気持ちよくなるのか徹底的に調べさせてもらう」

調べられる。そう思ったらなぜか、腹の奥が切なくなった。

顔だけ横向きにしたままのアデルだったが、横目でブルーノの顔をうかがう。

彼は相変わらず涼しげな表情で、ひとつもいやらしさが感じられない。

ずくんと下腹が疼《うず》く。

それは自分が欲情されていないという寂しさではなく、明らかに快感だった。

このまま冷徹な宰相に、自身の奥の奥まで研究し尽くされたいような気さえする。

「まずはこの美しい曲線を描く丘はどうだ?」

大きな手で乳房全体を包み込み、ゆっくりと双つの丘を近づけては遠ざけるように左右に揉んでくる。

さっきとは違う動きに、アデルは気持ちを昂《たかぶ》らせ、熱い吐息を漏らした。

「緩慢な動きもいいと見える。そして頂点に咲く花はラナンキュラスの蕾《つぼみ》のような、可憐《かれん》なピンク色……」

指先で乳首の先端をいじられる。

「ふぅ……ふぅん……くぅん」

優しい触れ方なのに、とてつもない快楽がもたらされ、自ずと、喉奥から今まで発したことのない赤ちゃんのような声が漏れ出していた。

――いやだわ……恥ずかしい……。

「可愛い声だね。ここは防音がしっかりしているから、遠慮しなくていいんだよ?　どうしたら、もっと聞かせてもらえるようになるのかな」

今度は乳房全体を盛り上げるようにつかみ、その先端に舌を押しつけ、べろりと舐め上げられた。

指でいじられたことによって乳首はすでに敏感になっていて、濡れた舌が這《は》い回る感触にアデルは「あぁ！」と小さく叫んで、びくんと背を反らせる。

「指より舌のほうがお好きなようだ」

濡れた乳暈に息がかかり、それだけでアデルは「ん、うぅん」と呻《うめ》く。

しかも、今度はブルーノが乳暈を口に含んで強く吸ってくる。

アデルは首を仰け反らせた。

「あぁふ……あぁ……閣下ぁ……駄目……ぇ」

愛撫《あいぶ》されているのは乳首だというのに、腹の奥がどんどん熱くなってきて、これ以上続けられると頭がおかしくなりそうだ。

「確かに、これでは駄目だな」

彼が上体を起こし、自身の銀髪をさらりと掻き上げる。その所作と下目遣いの誇り高い眼差しに、きゅんとアデルは胸をときめかせた。

「この美しい蕾は平等に愛してやらないと」

彼はやめるどころか再び背を丸め、もう片方の乳暈にかぶりつく。さっきより粗野な所作に、アデルは、小さく叫び、足をでたらめに動かした。

すると、彼の大腿に脚をすりつけることになる。

——あぁ……なんてたくましい脚なの……。

ふたりの間にはトラウザーズとスカートがあるというのに、大腿ががっしりしているのが伝

わってきた。

——全然、違うのね……。

その違いが、なぜかアデルをさらに高揚させる。

乳房の頂《いただき》にむしゃぶりつくブルーノが、もう片方の乳首をきゅっと摘まんでよじってきた。

「あ……閣下ぁ！」

アデルは思わず、彼の頭に手を伸ばし、銀髪をくしゃくしゃとしてしまう。彼は頭をいじられても、指と舌による愛撫をやめようとしなかった。

「ぁあ……ふ……駄目……駄目よぅ……んっ……ああ」

ブルーノが、ちゅっと音を立てて乳首から唇を外す。

「どこもかしこも敏感で……研究しがいがあるな」

彼が背をただした。

アデルの手によって乱れた髪は、いつもの整えられた状態より野性味を感じさせ、アデルは、はぁはぁと息を吐いて快感を逃しながらも目を離せないでいた。

「丘が美しすぎて長居してしまった。さあ、お次はどこを訪ねようか」

ブルーノがバッと、ドレスのスカート部分を下着ごとめくり上げる。

それなのに、ブルーノが片方の乳首を指でふにふにと愛撫するのをやめないものだから、アデルは恥ずかしさより、濡れた下肢に外気が触れたことがとてつもなく心地よく感じられ、びくびくと全身を震わせた。

「感じやすくて……素敵だね、アデル」

彼のもう片方の手が下腹に伸びてくる。円を描くように撫でられていくうちに、蜜口が物欲しそうにひくひくと痙攣し始めた。液体が太ももを伝っていく。

これから彼がもたらすだろう、めくるめく快楽の予感に、アデルはじっとしていられず、背を、テーブルに置かれたコートにこすりつけるように悶える。

「君のドレスよりも、私の服がぐしゃぐしゃになりそうだ」

ブルーノが笑いを含んだ声でそう言うと、太ももをつかんで左右に広げた。

これでは丸見えである。

それなのに、彼の視線を感じたことで、秘所からさらに蜜が零《こぼ》れ落ちる。

「すべすべの平野のあとは、美しい谷間……おや、湧き水が美味《おい》しそうだ」

彼が屈み、太ももに伝う蜜を舐めてくる。

「あ……はぁ……！」

アデルは背を弓なりして震えた。

「ここ、もっと満足させてあげるからね」

ブルーノは陰唇にちゅっとくちづけると、上体を起こし、びしゃびしゃになった谷間に指をゆっくりと押し込んでくる。

「閣下が……入って……ぁあ……ああ……」

「〝閣下〟ね。まぁ、今のところはいいだろう」

ブルーノが背を屈め、舌先で胸の先端をつついてきた。微《かす》かな接触だというのに、アデルは「ふぁっ！」と声を出してしまう。

「尖《とが》って……敏感になってきている」

さっきから、乳首に全身の快楽が集まってきたのではないかと思うぐらい、少し触れただけで、大きな快感が生まれるようになっていた。

そこを、彼がちゅうっと強く吸ってくる。

「あぁ……どうして……閣下ぁ……気持ちい……です……もっとぉ」

全面降伏だ。

抵抗するどころか、気持ちいいと認めざるをえない。

「ここも気持ちいい？」

彼の骨張った指が奥まで到達して、アデルはびくびくと下肢を痙攣させた。

しかも、ブルーノが中で指を動かして蜜壁の様々な部分を押してくる。

考える力が残っていれば、何を捜しているのかと思うところだが、今のアデルは、ただひたすら嬌声《きょうせい》を上げることしかできない。

「あっ……ぁあ……んっ……あ……ああ！」

ひと際、声が大きくなってしまったのは、手前側にある一点を指で押されたときだ。

「見つけたよ？」

満足げに言い、彼がその一点を押したまま小刻みに揺らしてくるものだから、アデルはぶわっと全身を汗ばませる。

「ここ……うっすらとピンク色に染まってきている」

彼が、もう片方の手を胸の上で広げ、双つの乳首を親指と薬指で同時にぐりぐりしてくるものだからたまらない。

「あぁん……私……変……へ、ん……閣下ぁ……」

助けを乞うようにアデルは声を上げる。

「複数箇所を同時に可愛がったほうがいいようだな？　あと一ヶ所増やしてあげよう」

耳元で、掠れ声で囁くと、ブルーノが耳を咥《くわ》えて舐め回してくる。

「閣下ぁ……気持ち……いぃ……」

アデルはどこかに急上昇するような感覚の中、意識を遠のかせていく。

「そうだ……。神ではなく、私に身も心も捧げるんだ」

そんな不遜な声が聞こえたような気がしたが、それが夢なのか現《うつつ》なのかさえ判然としなかった。

アデルは気づいたら、長椅子で、ブルーノに抱きかかえられていた。彼のたくましい腕でうなじを支えられ、見上げれば、銀の睫毛がかぶさった青い瞳がきらめいている。

「少し微睡《まどろ》んでいたよ?」

ブルーノがアデルの口にゆっくりと指先を沈めてくる。

「あ……?」

アデルは寝起きの頭で、その指をしゃぶってしまう。

――って、何やってるの、私!

慌ててアデルは口を離した。

すると、彼がその濡れた指でアデルの唇をたどってくる。

「赤くて可愛らしいから触りたくなる」

そんな言葉をかけられ、心が蕩《とろ》けそうになったところで、さっきの自分の媚態《びたい》を思い出し、アデルは真っ青になった。

――私、気持ちいいとか、もっととか言ってねだってなかった⁉

アデルは、自分がこんなにも快楽に弱い人間だとは思ってもいなかった。

だから、せっかく能力《ギフト》を授かったというのに、祖母のように子どもの望みではなく、性的欲望しか聞こえないのだ。

——おかげで、閣下が私に欲情しないってことは、いやというほど自覚したわ。

アデルを手でもてあそびながら、顔色ひとつ変えないブルーノ。欲情してもらえていないのは表情からも明らかだ。

それなのに、彼の凛々しい眼差しを思い出すと、アデルは心も躰も熱くしてしまう。太ももに、新たにとろりと蜜が垂れたような気がした。

目敏《めざと》い彼のことだ。このことに気づいて、修道女に向いてないとか言ってくることだろう。

敵の出方をうかがうように、アデルが上目遣いで見ると、ブルーノが片方の口角を上げた。

「君が仕えたいと言っている神は、こんな快楽は与えてくれないよ？」

——やっぱり！

アデルが答えあぐねていると、ブルーノが言葉を継いだ。

「もうすぐ王宮舞踏会がある。国王に、私の婚約者だと紹介しよう」

「貴族が婚約するときは、まずは国王に謁見して許可をいただかないといけないのではありませんか？」

ブルーノが、ハハッと乾いた笑いを浮かべた。

「接見する側の私が国王に謁見を求めたら、何事かと驚かれてしまうよ」

——そういえば！

「私が社交界デビューしたときも、接見されましたね」

「あのときは、君とこんなことになるなんて思ってもいなかった」

ブルーノに、ちゅっと頬にくちづけられる。

——そんなの、どう考えてもこっちの台詞《せりふ》よ～！

「確かに、閣下……私に全く興味がなさそうでしたわ」

「言うな？」

悪戯《いたずら》っぽい眼差しで、ブルーノが片眉を上げてみせる。

——こんな表情もするのね……。

「今は興味どころか、君の中の中まで入り込みたくて仕方ないんだよ？」

スカートの上から、蜜芽がある辺りをさすりながら、彼が耳の中に舌をぬるりと差し入れてくる。

「あ……閣下ぁ……」

——本当に、あの公爵と同一人物なの⁉

同じなのは姿かたちだけだ。


もともとブルーノは一時間と決めていたようで、その後、「時間だ」と言うと、まっすぐに皆がいるところに戻った。

変に勘繰られるのではないかと怖《おそ》れていたアデルだが、両親は、ようやくふたりが交流できたと純粋に喜んでいる様子だった。

問題は、色事《いろごと》に敏《さと》そうなジョスリンだ。

案の定、心の声が漏れ聞こえてくる。

【アデルの顔が少し上気しているわ】

——嘘～！

『いやらしいことをしました』と刻印された顔をさらしているようで、思わず扇で顔の下半分を隠す。

ブルーノは何事もなかったように無表情を決めていた。さすが、仕事ができる〝宰相閣下〟である。

【色っぽいことで頬が赤くなっているのならいいけど、堅物息子のことだから、ひたすら連れ回して花の解説でもしていたんじゃ……いいえ。ブルーノの上着に皺が寄っている。……これはきっと何かあったたわ】

鋭い指摘に、アデルがぎょっとしていると、ジョスリンがブルーノにこう問うた。

「あら、コートを何かに使ったのかしら？」

ブルーノが、なんでもないように自身のコートを見下ろす。

「ああ？　緑がきれいだったので、座って眺めるために敷物替わりにしたんです」

――閣下ってば、呼吸するみたいに嘘をつくのね！

言い訳してくれて助かったものの、平気で嘘をついたのを目の当たりにして、アデルは複雑な気持ちになる。

「敷物……そう。今日は天気がいいし、ピクニックみたいで素敵ね」

ジョスリンが目を細めて優雅に微笑んだ。

そんな表情と全く噛《か》み合っていない声が聞こえてくる。

【やっぱりこの頬の赤みは……。その上着に座っているうちに盛り上がったってわけね。深くくちづけ、はずみで胸に触れるぐらいはしたと見たわ。その調子よ、ブルーノ】

――ご子息が、そのくらいで満足してくださるのなら、よかったんですけど……。

ジョスリンは息子を奥手だと勘違いしているようだ。

とはいえ、ブルーノとアデルの仲を応援してくれているようで、欲望さえ聞こえなければ、いい姑《しゅうとめ》の部類に入るのかもしれない。

第四章　何と闘っているのです？　閣下

ファルコナー公爵邸に招かれて以来、笑顔あふれるエンフィールド伯爵家の中で、アデルだけが浮かない顔をしていた。

それもいたし方ないことだ。

ブルーノはアデルに全く欲情していないくせに褒めたり脅したりで結婚を強要してくるし、一方で彼の母親のほうはアデルの躰に興味津々なのだから――。

――もしかして、お母様に私を差し出そうと頑張っているとか？

そういえば、ジョスリンが結婚後『らっきーすけべ』に期待すると言っていた。どんな期待をされているのか、調べる必要がある。

アデルは自室の窓辺で椅子に腰かけていたのだが、中庭を歩くライオネルが目に入った。

そういえば以前、舞踏会で耳にした知らない単語の意味を問うたとき、卒倒しかけていた。

――でも今回は、前王弟妃が使った言葉だから……大丈夫よね？

アデルは帽子をかぶり、顎紐を結びながら急ぎ階段を下りて中庭へと出た。

「ライオネル〜！」

アデルが彼の背中に向かって声をかけると、ライオネルが振り向いて、爽やかな笑みを浮かべてくる。青空を背景に白い歯が輝く。

彼の前まで来るとアデルは歩を止める。

「最近、知らない単語を耳にしたの。『らっきーすけべ』って何？」

ライオネルが稲妻に打たれたような表情に変わった。

――またしても、ひどい単語だったのかしら⁉

「もしかして……公爵はそんな下品な言葉を使われるのですか⁉」

「いえ……公爵ではなくてよ」

――もっと驚くべきことに、前王弟妃だけど……。

「その言葉を使った方には、近づかないようにされたほうがよろしいかと存じます」

そこまで言ってライオネルが小声になる。

「スケベというのは性的欲求を満たすような現象を指すのですが、ラッキーがつくことで、それが意図的ではない状況で起こるという意味になります。例えば……そう……女性の着替えにたまたま遭遇するとか、転んだ女性を助けようとして、たまたま顔に胸を押しつけられる、とか。でも普通、そんな偶然は起こりえないでしょう？」

「そんなありえないことを期待するっていう意味だったのね」

大《たい》して卑猥な言葉でなくて一安心だ。確かに、いっしょに暮らしていたら、そんな偶然も起こるかもしれない。

「本当にお気をつけて」

ライオネルが神妙に言いながら、そいつをやっつけてやりたいとばかりに、手にしている釣《つ》り竿《ざお》と魚取り網を上下に振っている。

「ええ。わかったわ。それより、ライオネルはこれから釣りに行くの？」

「いい天気ですからね。大きいニジマスを釣って厨房《ちゅうぼう》に持っていく予定なので、今晩、食卓に上《のぼ》るかもしれませんよ？」

ライオネルが釣り竿を掲げた。

彼は小さなころから変わらない。アデルだって社交界デビューする前は、こんなふうに外で楽しむことが好きなおてんば娘だった――。

「ねえ。私も連れていってくれない？　久々に私も釣りをしたいわ」

「いえ。アデル様はもうすぐ公爵夫人になられるお方。釣りに行くなんて知れたら、旦那様が卒倒されておしまいになります」

「そんな……呼び方まで他人行儀になって……。これを最後にするから、いいでしょう？」

自分で言っておいて、アデルは落ち込んでしまう。

結婚したらあの丘の上の別館に監禁され、ずっといやらしいことをされて――。

そこまで想像して、ずくんと下腹が疼いた。彼の指が自身の中を埋め尽くした感覚が蘇《よみがえ》り、全身の皮膚が粟立《あわだ》っていく。

ブルーノにならば、監禁されてもいいような気持ちになっている自分に気づき、アデルはぶんぶんと頭を横に振る。

「アデル様……そこまで思いつめて……わかりました。今日だけは昔のようにいっしょに釣りをしましょう。私がいれば、危ない目に遭う前に、助けて差し上げられますから」

「そうよ。ライオネルがついていてくれれば大丈夫だわ」

いやらしいことを考えているのがばれていないようで、アデルは胸を撫でおろした。

ライオネルが案内してくれたのは、川べりにある大きなブナの木陰だ。アデルが日に焼けないようにとの配慮だった。

まずは師匠が先ということで、ライオネルが早速、ニジマスを釣り上げたので、アデルは魚取り網で、魚を受け取る。

ライオネルが魚籠《びく》に入れながら、「次は、アデル様の番です」と言ってきた。

毛針をつけた釣り竿を渡され、昔の感覚を思い出しながら、竿を前後させ、竿の先から出ている紐のようなフライラインをせせらぎの中へと放った。

川のすぐそばに立つライオネルが魚取り網を掲げる。

「久々なのに、コツをお忘れになってないなんて……さすがですね！」

褒められてアデルが気分をよくしたところで、ライオネルがこんなことを耳打ちしてくる。

「アデル様、公爵がこちらに向かってきてらっしゃいますが……今日、お約束でも？」

あまりに意外な発言だったためか、脳に到達するのに時間がかかり、三秒後になってようやくアデルは声を上げる。

「ひぇっ」

アデルは恐る恐る振り返った。

ウエストコートの上にコートを羽織り、その長い脚に黒いブーツを合わせた紳士がこちらに向かって歩いている。

明るい日差しの中、黒のビーバーハットが顔に濃い影を作っているが、まぎれもないブルーノの顔だ。

――また出た！

修道院といい、どうしてこう突然現れるのか。

アデルは自身を見下ろす。

装飾もない、ハイネックの散歩用ドレスを着用している。地味な服だ。何より問題なのは釣り竿を握っていることである。

――いいえ！　もっと大きな問題があるわ。

『主人を呼び捨てにする従者がいるとはね？』と、ブルーノはライオネルを敵視していた。

実際、ブルーノが近づいてくるにつれて、彼が猛烈に不機嫌なことがわかってくる。

「ライオネル、危険よ。先に馬車に戻って」

ライオネルが唖然としていた。

「竿を握ったアデル様を置いていくほうが危険です」

「馬車で待機して見守っていてほしいの」

「婚約者殿とふたりきりになりたいんですね？」

――なりたくないわよ！

と言いたいところだが、早くここから離れてほしいので「そんなとこ」と言って、アデルはウインクした。

ライオネルを守るためのことなのに、彼が少し不服そうになった。

だが、アデルは妹分とはいえ主人でもある。彼を守るのは義務だ。

ライオネルが「わかりました」と踵《きびす》を返し、馬車のほうに歩き始めたとき、アデルが手にしている釣り竿がぐいっと引っ張られた。

――魚だわ！

久々の釣りだというのに、いきなり大きそうな魚が捕まった。毛針が浮いていたあたりで、びちびち水が跳ねている。

だが、ここで、竿を引き上げればいいというものではない。糸を少しずつ引っ張って魚を川辺に寄せるのだ。

ライオネルがいない今、釣れたら、ブルーノに魚取り網を頼むしかない。

アデルが視線を、ブルーノと川面《かわも》の間で行ったり来たりさせていると、離れたところから、ブルーノが声をかけてくる。

「アデル！　従者はどこに行ったんだ？　ひとりで魚釣りなんて危ないだろう？」

――従者がいてもいなくても不機嫌になるわけ!?

「公爵閣下がいらしたので、ライオネルは遠慮し……きゃあ！」

ものすごい力で竿が引っ張られてアデルは宙に浮かび、そのまま川に落下してしまう。すごい勢いで水の中に沈んでいき、息ができない。

――いきなり公爵が来るから～！

魚釣りに集中できなくなったせいで死ぬなんてと思った瞬間、何かに捕らえられた。ブルーノだ。彼が川に飛び込んできたのだ。

大きな躰に抱き寄せられたまま浮上し、そのまま川面《かわも》から顔を出す。

「ぐぼがっ」

いつの間にか、アデルは水を飲み込んでいたようで、吐き出してしまう。

「吐きだす力があれば大丈夫だ」

ブルーノは、ただでさえコートやブーツが重いだろうに、アデルを抱えてすいすい泳いでい

く。

——そういえば、この方、軍人でもあったんだわ。

ブルーノが、這い上がりやすいところを選んで岸に上がった。

——あ、帽子。

ブルーノの黒い帽子がなくなっていた。アデルの帽子も流されてしまったようだ。

アデルを横抱きにしてブルーノが立ち上がったとき、ライオネルがちょうど駆けつけてくる。

「アデル様、よくぞご無事で！　公爵閣下、ありがとうございました」

その言葉を聞くなり、ブルーノが声を荒げた。

「何がありがとう、だ！　従者なら主人の安全を第一に考えるべきだし、釣りなどに誘っていいわけがないだろう？」

——また私のせいで！

「いいえ。釣りは私がしたいって我儘《わがまま》を言ったのです。あと、閣下がいらしたので、私がここから立ち去るように命じました」

ブルーノの片眉がぴくりと上がった。

「なぜ私が来たら、従者を隠すんだ？」

『前、ライオネルに意地悪なことを言っていたから』なんて本音を告げるわけにはいかない。もっと意地悪になりそうである。

「え、ええーっと。公爵閣下と、ふ、ふたにきり……じゃなくて、ふたりきりに……なりたくて？」

アデルが頑張って笑顔を作ってみたというのに、ブルーノが不機嫌そうに半眼になった。

――演技が下手すぎたのかしら。

「では、ふたりきりになろうではないか。ちょうどふたりともびしょ濡れで、着替えが必要だ。私の馬車で我が家にお連れしよう」

ブルーノがアデルを抱き上げたまま、ずんずん進んでいく。

「え、それは……ご遠慮させていただきます！」

「いや。でも、婚約者殿の、ふたりきりになりたいという願いを叶えてあげないといけないからな」

ブルーノが鼻の先で笑った。

――逆手に取られてる！

そもそも、まだ婚約していない。

ライオネルがすかさず、こう告げてくれた。

「公爵閣下、私はエンフィールド家の馬車でついて参ります」

──さすがライオネル、助かったわ！

馬車さえあれば、こちらのもの。帰りたいと思ったときに帰れる。

ブルーノが顔だけライオネルのほうに振り向かせた。

「君はそれよりエンフィールド伯爵邸に戻って彼女の着替えを持ってきてくれ」

真面目なライオネルのことだから、戻れば、自分のせいでアデルが死ぬところだったとか反省の言《げん》を口にして、アデルの両親に糾弾されかねない。

「ライオネル、お父様お母様があまり心配しないよう、釣りのことは伏せておいてね」

アデルがライオネルに向かってそう声を上げると、ブルーノに、不満そうに顔をのぞきこまれた。抱き上げたままなので顔がすぐそこにある。

どんな宝石よりも美しい青い瞳は、青空のもと、間近で見ると迫力満点だった。

すぐ近くに、公爵家の獅子と貝の紋章が入った黒塗りの馬車が停まっていた。四頭立てで、前には御者が二名、後ろには騎馬の護衛が四騎ついている。

──ものものしいわね。

そこに、びしょ濡れの公爵が、これまたびしょ濡れの令嬢を抱えて現れたのもだから、御者も護衛も一様にぎょっとしていた。

アデルは抱きかかえられたまま馬車に連れ込まれ、彼の膝に座ることになる。

──まあ、濡れる座面は少ないほうが、かける迷惑も小さくて済むわよね。

「髪、ほどいたほうが乾きやすいだろう？」

結い上げた髪をほどかれ、ばさりと落ちた。

──きっとぐちゃぐちゃになっていたのね。

ガタンと揺れて、すぐに馬車が走り出す。

アデルを膝に乗せたまま、ブルーノはびしょ濡れのコートとウエストコートを脱いだ。

「あの……今日は申し訳ありませんでした」

「それは男と釣りに行ったことに？　それとも私が川に飛び込むはめになったことに対して？」

アデルは急に感謝する気がなくなってくる。

そもそも、ブルーノが現れなかったら、ライオネルと並んで、ちゃんと川面だけを見て楽しく釣りができたのだ。

──そうよ！　いつも急に現れすぎなのよ！

「あの……私、閣下とあまりに〝偶然〟会いすぎていると思うんです」

偶然を強調してみた。

「確かに……。きっと、運命じゃないかな？」

ブルーノがいい笑顔を作った。全然心から笑っていない笑みだ。

「警察大臣閣下は、どこの邸にも密偵を放っていらっしゃるのですか?」

「人聞きが悪いな。エンフィールド伯爵邸は特別だ。アデルが心配だから守ってるんだよ?」

――密偵を否定しないし!

アデルが文句を言おうと口を開けた瞬間、無駄口をたたくなとばかりに唇を塞がれる。

――こうやって、うやむやにしようとしているのね?

アデルが彼の頬を突っぱねた。

「監視されているみたいで、いやなんです」

この言葉はブルーノに響いたようで、真顔になった。

「そういうものか……」

「今日は伯爵邸《うち》に放った密偵かもしれませんが、大修道院にもいますよね?」

「我が婚約者殿は勘がいい」

はははと、ブルーノが楽しげに笑う。

こういうときに限って本当に楽しそうに笑うのはどうかと思う。

「どちらもおやめください。自分を信じてくれない人は信じられません」

「……わかった。やめるよ」

あっさり引き下がられて、アデルは拍子抜けした。

「そうしてください」

「じゃあ、これからは私を信用すること」

頬にくちづけられ、アデルが恥ずかしくなって外に目をやると、ファルコナー公爵邸の高い塀が見えてくる。

車回しに馬車が着くと、ブルーノがアデルを抱きかかえたままエントランスへと入る。

彼が侍従長に何か指示を出している。

「母には内密に」という言葉が耳に入ってきて、アデルはほっとした。

さすがに、髪も結わずにびしょびしょのところを見られたら、ジョスリンにどんな邪な想像をされるかわからない。

アデルは抱き上げられたまま、当主の居室に連れ込まれる。

一家で招かれたときは客間にしか案内されていないので、ここは初めてだ。

エントランスや食事の間《ま》などに比べると、黄金の装飾は控えめで、薄緑色と白の壁には、落ち着いた印象を受ける。

――暮らす場所は、このくらいのほうがいいわよね。

ただ、白い大理石の彫刻や彫像、窓辺に設けられた円形の空間など、とにかく芸術的で、先代の趣味のよさが感じられた。

ブルーノがアデルを縦抱きにして、空いているほうの手で次々と扉を開けていく。

「湯を用意させておいた」

「ああ。で、ここが一番奥の部屋だ」

ブルーノが扉を開けると、黄金の天蓋付きの大きなベッドがどーんと視界に現れた。

——し・ん・し・つ！

「あ、あの……まだ婚約もしておりませんし、ここは早いかと……」

「早さの問題であって、いずれここに来てくれるということだね？」

ブルーノが流し目を送ってくる。

——ほんと、迂闊《うかつ》なことを言えないわ。

「今日は緊急事態だ。春とはいえ、濡れたままでは冷えるだろう？　湯を用意させておいた」

「寝室で……お湯？」

ブルーノがベッド脇に置かれた、優雅な衝立《ついたて》を片手で退《ど》かすと、黄金のバスタブがあり、湯気まで立っている。

ここに来てようやくアデルは床に下ろされた。

「どうして、もうお湯が……？」

アデルがバスタブの中に手を入れると、湯は適温だった。

「護衛の騎兵が一騎、先に飛び出していっただろう？　つまり、そういうことだよ」

「あ……そういう……」

先触れを出して準備させていたということだ。

いきなりブルーノに唇を塞がれる。

「ん……む、むぅ……ん」

ぷはっと唇が離れると、ブルーノが苛立たしげに双眸《そうぼう》を細めた。

「結婚したら、あの従者だけは、この邸に連れてくるな」

——宰相なのに狭量すぎよ！

「ライオネルはただの従者じゃなくて、私の乳兄妹で、剣の大会で優勝したことがあるくらい優秀な護衛でもあるんです」

ブルーノの眉間の皺がますます深くなる。

「それなら、警察や近衛隊に入れてやろう」

——やろう？

アデルは、かちんと来てしまう。

「あら？　結婚が決まったわけでもないのに、そんな仮定のお話、意味がありませんわ」

「そういえば君はそういう女だった」

——そういうって……高慢っていう意味？

ブルーノが顔を近づけ顎を取ってくる。

「だが、無駄な抵抗はやめろ。そういうことを言われると、ますます欲しくなるだけだ」

アデルは顔を背けて彼の手を振りほどく。

「いくら閣下でも欲しいものが全て手に入るわけではありませんでしょう?」

「いや……君は手に入る」

――君は……って?

捜索中の修道女はもうあきらめて、手に入りそうなアデルに代えるという意味だろうか。

ずきんと心が痛む。

「ど……どうして……断言できるんです……?」

「それはね……」

ブルーノが屈んで、耳元で囁いてくる。

「……君が、快楽に、弱いから、だよ?」

ゆっくりと言われ、アデルがぞくりと官能に呑み込まれそうになった瞬間、ブルーノが背後に手を回してスカートをまくり上げ、もう片方の手を尻のほうから回りこませて股座《またぐら》をつかんでくる。

「ひょっ」

あまりの驚きに、アデルは変な声を上げてよろめき、ブルーノの胸にしがみつくことになる。

ブルーノがアデルの尻を抱えるようにして、ドロワーズの股の切れ目から手を差し入れ、秘所をぐちゅぐちゅといじってくる。

「ここが濡れているのは溺れたせいじゃない。ほら、また今、新たにとろりと……」

彼がそう言いながら、中指を秘裂に沈ませてくるものだからたまらない。彼の躰にしがみつき「あぁん」と、顎を上げた。

すると、開いた口に蓋をするように、ブルーノが口で覆ってくる。

アデルは大きな舌で中をいっぱいにされ、何も考えられなくなっていく。

ブルーノの舌が口内で淫靡《いんび》に蠢いている間も、下肢では、浅いところで蜜をからめるように指を出し入れしてくるので、アデルは何度も全身をわななかせることになる。

「あっ」

ずくりと指が奥に侵入してきて、アデルはびくんと背を反らせた。

はずみで唇が外れた。名残を惜しむかのように彼の舌は少し出たままで、そこから雫《しずく》が一粒落ち、アデルの口内に滴る。

もっと欲しいとばかりに、アデルは口を閉じられないでいた。

相変わらず彼は劣情を表に出すことなく、銀色の長い睫毛を伏せた双眸は、こんなときでさえも理知的だ。

「ほら……弱い。やっと湯に浸《つ》かる気になったか？」

口では問いかけておきながら、答えはすでに決めているようで、彼はアデルの背のホックをひとつふたつしか外さないまま強引にドレスを引っ張り上げて頭から抜きとった。

布地が裂けるような音がしたが、アデルにはもう抗《あらが》う力が残されていない。されるがままだ。

――ほんと、私、この方に弱くて……いやになっちゃう。

「あぁ……やっと、全てを見せてくれたね」

その言葉を聞いてぎょっとする。

アデルはいつの間にか全裸になっていた。

――勝手に見ておいて、見せてくれた……はないわよ！

とりあえず、くるっと後ろを向く。

「お尻も見せたかったの？」

――どっちを向いても無駄だった！

ふわりと躰が浮かんだと思ったら、ブルーノに、バスタブの中にゆっくり沈められた。

――あったか～い。

湯船に浸かって初めて自身の躰が冷えていたことに気づき、寛《くつろ》ぎそうになったところで、彼と目が合い、アデルは湯の中で膝を折って丸まった。

こうすれば、さしあたって胸や秘所は見えない。

バスタブは大人がふたり入れそうな大きさだ。

ブルーノがバスタブの脇でシャツを脱ぎ始めたので、やはり彼も入る気なのだろう。そう考えただけで、心臓の鼓動が速くなっていく。

ブルーノがシャツを床に放って現れたのは、鍛え抜かれた厚みのある躰だ。いつもかっちりコートを着用していたので想像していなかった。

――鋼《はがね》のような躰って、こういうのを言うのかしら。

思わずごくりと生唾を飲み込む。

――って、欲情している紳士と変わらないじゃない！

アデルは慌てて彼に背を向け、バスタブの端をつかんだ。

――大きな躰がこれから背後に入ってくるのね……。

そう思ってドキドキしていたのだが、背後でトラウザーズを脱いでいる様子は感じられなかった。その代わり、彼の手だけが湯に入ってきて、アデルの首から背をつつつと、やわらかなものが這っていく。

「な……なんですの？」

驚いてアデルが顔を振り向かせると、丸い海綿スポンジを手にしているブルーノがいた。

「洗ってあげようと思って」

「そ、そんな必要ありませんわ」

「もしかして、スポンジじゃなくて私に入ってほしかった？」

彼がにっこり微笑んだ。

――こういうときだけいい笑顔なんだから……。

「い、いえ。ただ、冷えないのかなって思っただけです！」

と言ってから、アデルは後悔した。これではまるで、トラウザーズを脱いで入ってきてと誘っているようではないか。

どんな返事がくるのかと、アデルが身構えていたら、「優しいね」という言葉が返ってきて、拍子抜けしてしまう。

「私は優しくなんかありません。自分だけ温かくなって悪いなって思っただけです」

――って、いよいよ私、全部脱いで温まってって勧めてるみたいじゃないの！

「いや。君は優しいよ。私はこんなに優しい淑女に会ったことがない。普通は、いくら子どもが喜ぶからって何冊も読み聞かせなんてしないし、もっと喜ばせたいからって着ぐるみなんて作ったりしない」

ずっきゅーんと胸を撃ち抜かれたかと思った。

――なんなの、なんなの……この公爵……！

アデルは社交界で、除け者にされた。

相手にしてくれるのは、自分を欲望の対象にしか見ない男たちだけだ。

社交場の外で、やっと見つけた、自分が評価してもらえる場所が修道院だった――。

そして、修道女や子どもたちに感謝され、好いてもらえるのがうれしくて、どんどん頑張ったのを、こうして社交界の頂点に君臨する公爵が評価してくれたのだ。

ずっと凍っていた心の一部が溶け出し、それは涙となって、アデルの瞳から零れ落ちる。

「……閣下……」

すると、ブルーノがぎょっとした顔になる。

――いけない。また感情的になってしまったわ。

普段、こんなことは滅多にないのに、ブルーノには感情を乱されてばかりだ。

アデルはブルーノから顔を背け、顔にお湯をかけた。

すると、背後から呻くような声が聞こえてくる。

「私は……やはり冷たいぐらいがちょうどいいようだ」

――冷たいのがいい？

驚いてアデルが顔を向けると、ブルーノが何かに耐えるように目を眇めていた。

――濡れたトラウザーズが気持ち悪いのかしら？

首を傾げたところで彼に脇下と膝下をつかんで躰を伸ばされ、アデルはバランスを失って底に手を突いた。縦長のバスタブに仰向け状態になる。

これでは胸も秘所も丸見えだ。

アデルは上体を起こそうと思ったが、脇下を固定されていて叶わず、できたことといえば、片腕で乳房の頂を隠すことと、脚に脚を重ねて、肝心なところを見えにくくすることぐらいだった。

「洗うのに腕が邪魔だな」

ブルーノが、その大きな手でアデルの両手首をつかむと、バスタブの縁まで引っ張り上げた。

これでは胸が丸見えである。

——やっぱり、洗うっていうのは建前で、胸を触る気なんだわ。

丘の上の別館で、敏感になった乳首をべろりと舐め上げられたとき奔《はし》ったとてつもない愉悦を思い出し、アデルは途方にくれたように彼を見上げてしまう。

「ほら……すぐ物欲しそうな顔になる」

不遜な笑みを浮かべられたというのに、反発するどころか、アデルは痺れるような熱に包まれたままでいた。

「でも……すぐに与えられると思ったら大間違いだよ？」

どういう意味なのだろうか。

彼が湯を含んだスポンジを、アデルの前腕から肘の裏、そして脇下へと這わせていく。ふわふわの肌触りが躰の中心部へと近づいてくるにつれ、腹の奥で淫らな熱が広がっていく。

そのまま胸の丘を登らせるつもりなのかと思いきや、ブルーノが双つの乳房の間を縫うようにスポンジで何度も８の字を描いてくる。

その動きで水面が乱れ、ときどき乳首に湯がかかるたびに、ここに全てが収斂《しゅうれん》していくような甘美な喜悦が訪れた。

「あっ……あぁ」とアデルは声を漏らす。

しばらく寝室は湯が跳ねる音と、アデルの口から零れる嬌声だけになっていた。

乳房をもてあそんでいるというのに、ブルーノは書類の片付けでもしているような表情で、青い瞳が劣情を帯びることはなかった。

彼の視線はアデルの顔に固定されていて、反応を観察しているようだ。

「この間は脱がせられなかったから、今日こそ、どこをどうすれば気持ちよくなるのか調べさせてもらうよ」

――やっぱり！

丘のふもとで描かれていた8が、丘の頂点に近い位置へと移る。たまにスポンジの端が乳首に当たるようになり、アデルは、そのたびに、びくん、びくんと躰全体で反応してしまう。

すごく気持ちいいのに、もどかしさが募るのはなぜなのか、アデルはもうわかってきている。

最も気持ちいいことが与えられていないのだ。

「……か……閣下ぁ……調査なんて……いや……」

息絶え絶えで、アデルは恨みがましい目を向ける。

「気が合うね。私も訓練に入りたいと思っていたところなんだ」

――訓練？

彼の表情は真面目だが、相変わらずその手はスポンジで乳房を撫で回している。

「あの……お、同じところ……ばかりじゃ……なくて」

「わかってるよ。ここだろう?」

スポンジで、軽く乳首を撫でられた瞬間、とてつもない愉悦が四肢を貫いた。

「あぁん!」

今までになく大きな声を発してしまい、アデルは慌てて口を噤んだ。

「焦らされると辛くなるが、焦らしたほうが、より大きな快楽を得られるようだね?」

普段なら反論するところだが、理知的な眼差しでこう言われれば、自分の躰を投げ出し、どうにでもしてほしいような気持ちになる。

——このスカイブルーの瞳のせいよ。

「もう焦らしたりしない」

ブルーノが両手首をくくっていた手を離し、彼女の肘を左右の縁に掛けて躰が沈まないようにすると、スポンジを胸の頂から下へとずらしていく。

下肢はもう力を失っており、脚の付け根にスポンジが入り込むのは容易なことだった。

ブルーノが秘所で小刻みにスポンジを揺らしてくる。

「……ふ……くぅ……ぁあ……」

その優しい刺激に、アデルは嬌声が止まらなくなった。

しかも、ブルーノがもう片方の手でもって指間に乳首を挟んで乳房全体を揺らしてくる。

「あぁ！」

アデルが腰を跳ねさせ、湯面が波立つ。

「では、馴らしていこう」

二ヶ所を同時に愛撫され、まともな思考を奪われたアデルには、何に馴らすのかと問うこともできない。

ブルーノがスポンジを手放し、ずぶずぶと中指を沈めてくる。

「あっあ……ぁ……あぁ……あ……ぁ」

アデルは、この音しか発せられなくなったのではないかというぐらい同じ声を繰り返しながら、顔をいやいやと左右に揺らしてしまう。

指を全て沈めて奥に行けなくなると、ブルーノが残りの指で花弁をなぶってくる。

それもまた新たな快感を生む。

しかも彼は、以前修道院で見つけた蜜壁の敏感なポイントを覚えていて、すかさずそこを突き、細かく動かしてくる。

「や……もう、駄目ぇ……閣下ぁ……！」

そのときアデルは、快感も度が過ぎると辛くなることを知った——。

ブルーノは、どうしたらアデルの辛さが解消されるかを知っているが、婚前にはできないことだった。

子ができてしまう。

今こうやって躰を愛撫することも、本来、結婚前にすべきではないのだが、彼女を現世に引き戻すには快楽が最も手っ取り早い方法だと考えている。

修道女になると言いながら、禁欲的な修道服の下で蜜を滴らせ、快楽に抗えなかったアデル。

――思い出しただけでゾクゾクする。

さっきだってそうだ。ブルーノが焦らせば、アデルは欲しがってくれた。

裸体を直視すると、我慢できなくなりそうで、できる限り顔しか見ないようにしているが、そのせいで余計に彼女の可愛さに魅せられることになっている。

ブルーノの躰が冷えているのではないかと心配したあとに、温まるためにはトラウザーズを脱ぐ必要があると気づいたらしく、急に顔を赤らめて自身の発言を後悔していたかと思うと、読み聞かせを褒められ、感激のあまり涙を零す。

潤んだ瞳で見つめられたとき、ブルーノは心臓が止まるかと思った。

しかも、アデルは焦《じ》らせば欲しがり、与えれば嬌声を上げて全身で反応してくれる。

今にも勃ち上がりそうな欲芯は冷えたトラウザーズで抑えつけておくしかない。

「あっ……ぁあ……あっ」

アデルの嬌声が切羽詰まってきた。

「アデル……少し待つんだ」

ブルーノは中指を少し引き出す。彼女の壁が指を引きとどめるようにまとわりついてきた。これが指でなく自身の性だったらと思った瞬間、彼の雄が反応した。

——今は、この回線は切らねば。

浅いところまで引き出したら、ブルーノは人差し指を加える。その瞬間、アデルが躰をしならせ、湯面が弾けた。

二本の指で隘路《あいろ》を分け入っていくと、蜜壁がまとわりついてくる。

——自身の滾《たぎ》ったもので彼女の奥まで埋め尽くせば、どれだけ気持ちいいことか。

だが今、彼ができることは、初夜で痛がらないように馴らしておくことぐらいだ。

彼女が感じやすいところへと迷わず指を進め、かぎ状にしてこすってみる。

「ふっ……くぅ……！」

と耐えるような声を上げると同時にアデルの腕がバスタブの縁からずり落ちて沈みそうになったので、ブルーノは胸から手を離して彼女の背に腕を回して支えた。

その間《かん》も、もう片方の手は秘所にあり、二本の指を広げては閉じながら奥まで進ませる。すると、きゅうきゅうと指を締めつけてきていた壁が、急にその頻度を上げてくる。

——もうすぐか？

ブルーノは二本の指で蜜壁のいいところをつつきながら、親指を伸ばして蜜芽を弾《はじ》いた。

「あぅ」

啼《な》き声のような音を発したあと、彼女の躰全体から一気に力が抜けていく。

アデルは口を開けたまま、中の路《みち》をひくひくと痙攣させ、ゆっくりと瞼を閉じた。

絶頂に達したのだ。

──気持ちよさそうな顔をして……。

自身の欲望は少しも解放できていないのだが、彼女のこの表情を見られただけで、ブルーノは幸せな心地になれた。

ずくんと再び性が疼いたのを吹っ切るように、彼はアデルを抱き起こして立ち上がり、タオル地のガウンで包《くる》んだ。


アデルがベッドで目を覚ますと、ガウン一枚になっていて、すぐ横にブルーノの顔があった。とてつもなく優しい声で「起きたんだ？」と、問われ、アデルは胸を震わせる。仰向けのまま、顔だけ彼に向けた。

「あの……私、どのくらい寝ていたんでしょうか？」

「数分だよ。寝ていたというより、果てた……のではないかな？」

「果てた……？」

またしても知らない単語だが、すごく気持ちよくなったあと眠ったようになることを指すのだろう。

彼が切なげに双眸を細める。

「……君が川に沈んだときは……心臓が止まるかと思ったよ」

――って、また私の心臓を止めるようなことを！

アデルは胸のきゅんきゅんが止まらなくなる。

「……ご……ご心配をおかけして、申し訳ありません」

とアデルが言い終わるかどうかというときに、腰をつかんでくるりと回され、背が彼の胸板に当たった。

――なぜに後ろ向き？

ブルーノが高い鼻でアデルの髪の毛をかき分け、首元にくちづけてくる。

「助けるために、川に飛び込むはめになったんだから、もっと楽しませてもらわないとな」

恩は必ず売る性分らしい。全くいい性格をしている。

――さっき、きゅんとしたのは、なかったことにし……。

「あっ」

胸の先端にそっと触れられただけなのに、アデルはびくんと腰を跳ねさせてしまう。

「躰全体が敏感になっているときは弱い刺激でも反応してくれるね。これはどうかな?」

乳首を指でしごかれると、すでに火照《ほて》っている躰がさらに熱量を増す。アデルはじっとしていられなくなり、臀部を彼の腹に押しつけ、すりすりとしてしまう。

たくましい腹筋を直に感じ、それがまた快楽を高めていく。

「あ……あぁ」

「ここ……さらに尖ってきた……」

乳首をいじりながら、ブルーノがつぶやいた。

そういえば、前もこの尖りについて言っていた。

「どうして……こうなるの?」

「それは、君が私のことを好きだからだよ」

そうかもしれない。初めて会ったとき、若い国王がいるというのに、アデルはブルーノと目が合っただけで、稲妻が落ちたような快感に貫かれた。

「否定しないんだな?」

――閣下は私のこと、好きでもないのに……ずるいわ。

「だんまりか。いいだろう」

言い終わらないうちに背後から両手を腹のほうに回してきて、片手で蜜芽をぐりぐりといじり、もう片方の手を下生えから脚の付け根へと滑りこませてくる。

「あっ……駄目……そこは……！」

「ここがいいって聞こえるよ？」

ブルーノが指を沈め、中をくちゅくちゅと掻き回してくる。あまりの快感に腰を退《ひ》くが、彼の腹に尻を押しつけただけで終わる。

「や……また私、変になっちゃう……」

「もっと変になりたいとしか聞こえないな」

まるでアデルの欲望が読めているかのようだ。

――でも、閣下は？

こんな破廉恥なことをしておいて、欲望の声が聞こえてこない。ここまで性欲が湧かないというのは、どういうことなのだろうか。

なぜだか、自分が惨めに思えて泣きたくなってくる。

「わ……私のこと……好きでもないのに、こんなこと……」

彼の手が急に止まり、頭頂にくちづけてくる。

「好きだ。愛している」

――嘘くさい。

そう思って、アデルが黙っていると、ブルーノが不満そうにこう言ってくる。

「どうして、愛しているって返さないんだ？」

「きっと……閣下のそれは妹への愛情みたいなものです。乳兄妹の従者が私を可愛がってくれるのと同じですわ」

アデルに欲情しないという点において、ライオネルもブルーノと同じだ。

不思議なことに、ライオネルが欲情しないことには安心感しかないのに、ブルーノの場合、胸が締めつけられるような辛さを覚える。

「その名は口にするな」

ブルーノが急に声を荒げたので、アデルは驚く。

罰するように乳首を強く引っ張られた。

それなのに痛みよりも、何かが乳房の中心に集まっていくような愉悦で頭がいっぱいになり、アデルはぎゅっとシーツをつかんだ。

「む、無理して……こんなことを……し、しなくてもいいのにと……言いたかったのです」

「君のことが好きで、気持ちよくさせたいと思っている。それのどこに無理があると？」

なら、なぜ欲望が聞こえないのか。手練手管《てれんてくだ》でアデルを籠絡《ろうらく》しようとしているだけではないのか。

「ごめんなさい」

相手が公爵なので、とりあえず、謝ってみた。自分のせいでまたライオネルに意地悪をされてはたまらない。

「でも、私の従者なので……嫌わないでください」

「君の口から名前が出る男は全て嫌う。これから心しなさい」

――〝守護神〟は、こんな暴君だったの……？

世界の半分は男性なのに、女性についてだけ話すのでは限界がある。

「そんな……」

ブルーノが、躰の位置を下げ、アデルの両太ももをつかんで広げる。長い指が内ももに食い込み、自身の秘部に彼の視線がまとわりつく――。

自分の躰の一部だというのに、太ももが勝手に震えていた。

「可愛いね」

ブルーノが内ももにかぶりついて、ちゅうっと音を立てて吸ってくる。

「あぁっ」

こんなに強く吸われたら、跡が残ってしまうではないか。

前もこんなことをされて、ほかに嫁に行けなくなるようなことを言われた。これは、彼の快楽のためではなく、あくまでアデルを捕らえるための行為なのだ。

――でも……気持ちいぃ……。

花弁の間《あわい》に尖らせた舌が押しつけられ、アデルは「あぁっ」と小さく叫んで、腰を浮かせた。

驚いて下を向けば、下腹の向こうに彼の鋭い眼差しがある。そして信じられないことに自身の洞の浅瀬で彼の舌が生き物のように蠢いていた。

ぴちゃぴちゃとそこを舐め、すすりながら、ブルーノが手を伸ばしてきて、双つの乳房を鷲《わし》づかみにする。

「んっ……ふぅ……う」

彼に尖っていると言われた乳首が、捏《こ》ねくり回されるたびに指に圧され、指間に挟まれ、アデルは気づけば腰をよじって泣いていた。

さっきからずっと握りしめていたシーツは、もうぐちゃぐちゃになっている。

「あぁ……こんなに乱れて……なんて可愛い私のアデル」

濡れた秘所に息がかかって、それだけで、アデルはびくんと背を弓なりにした。

「そ、そんなこと……」

――そんなことを言われたら、本当に好かれていると勘違いしてしまうわ。

そのとき、ノック音がして、彼の動きが止まる。

「旦那様、エンフィールド伯爵家の従者が届け物に参りました」

扉の向こうから侍従の声が聞こえて、ブルーノが忌々《いまいま》しげに目を眇めた。

「またライオネルか……」

「あの……ライオネルはとても忠実な従者だから、服を持ってきてくれただ……」

「男の名を口にするな」

「あっ」

今度は罰するようにブルーノに太ももを噛まれる。

その後、噛み跡がなかなか消えなくて、着替えのときなど侍女たちに見られないように隠すので大変になってしまうなんて、このときは想像すらしていなかった。

第五章　私、社会的に葬られますね。さよなら閣下！

アデルは両親に連れられ、王宮の舞踏広間に足を踏み入れる。いつものことだ。だが、いつもと違って紳士がひとりも寄ってこなかった。

母が困ったように笑う。

「もしかして、婚約の噂が広がって、アデルは高嶺の花になってしまったんじゃないかしら」

「もともと、高嶺の花だったけどな」

と、間髪入れずに応じて、父が冗談っぽく笑った。

ブルーノとは、まだ正式には婚約していない。とはいえ、人の口には戸が立てられないので、もう周知されているのだろうか。

――どうしよう……緊張してきた。

そのとき、ジョスリンが舞踏広間に現れて、貴族たちの間にどよめきが起きる。彼女が舞踏会に参加するなんて夫を亡くして以来ではないだろうか。

母が期待の眼差しを向けてくる。

「前《さき》の王弟妃殿下が現れるなんてよほどのことよ。これから、うちと家族ぐるみで仲のいいところを見せつける気じゃないかしら」

アデルは自身を見下ろした。

格式高い王宮舞踏会なので胸元は開いており、躰の線がよく見えるひらひらの薄い生地のドレスに、首元には自身の目と同じ色のエメラルドが輝いている。

——またあの声が聞こえてくるんじゃないかしら。

どんな内容であっても、つつがなく笑顔でスルーしよう。アデルはそう決意して身構えた。

ところが、ジョスリンがアデルの近くまで来たというのに一瞥することもなく通り過ぎていく。もちろん声も聞こえてこなかった。

——え？　どうして？

父母ともに意外そうにしていて、母が扇を広げてこんなことを言ってくる。

「もしかして婚約発表で皆を驚かせようとしてらっしゃるのかしらね？」

なんにせよ、婚約発表前なのだから、公の場では、馴《な》れ馴《な》れしくしないほうがいい。

なんといっても、ファルコナー公爵は、誰もが結婚したがる独身男性なのである。下手に匂わせると、あとでやっかまれてしまう。

——私、もともと同世代の令嬢たちから嫌われているし……。

そう考えて、アデルは落ち込んでしまう。ブルーノには、もっとふさわしい完璧な令嬢がいるような気がしてならない。

「お母様、ちょっと控室に行って参ります」

公爵は、国王とともに舞踏広間に登場するので、貴族たちが全員、出そろってからとなる。侍女に化粧やドレスを直してもらうなら今だ。

父がこんな冗談を言ってくる。

「今の隙に公爵と密会するつもりじゃないだろうな」

「もう！　違います」

父親の呑気さに辟易《へきえき》しながらアデルが広間を離れ、控室の前まで来ると、ディアドラとその取り巻きの令嬢たちの噂話《うわさばなし》が耳に飛び込んできた。

「高慢令嬢……守銭奴……」

「ありえませんわ」

「ヴィンセント様……お可哀想」

断片しか聞こえなかったが、批判的な口調だった。侮蔑を含んだ物言いもあった。

入るに入れなくなり、アデルは踵を返す。

――公爵に言い寄られて浮かれて忘れていたわ……私、〝高慢令嬢〟だったのに……。

アデルが足取り重く舞踏広間に戻ると、ヴィンセントがツカツカと、床を蹴るように早足で近づいてきた。今日は珍しく欲情の声が聞こえてこない。

さっきのジョスリンといいヴィンセントといい、もしかしてアデルは、能力《ギフト》を失ってしまったのだろうか。

——それならそれで万々歳だわ。

ヴィンセントがアデルの前まで来ると立ち止まった。

ダンスを誘うという雰囲気ではない。

——怒り……違うわ。何か断罪しようとするような上から目線よ。

ヴィンセントがポケットから緑石のヘッドがついたブレスレットを取り出すと、証拠の品を周りに見せつけるかのように、高々と掲げた。

「こちらのブレスレット、エンフィールド嬢の瞳の色に合わせ、特注で作らせたものです。ですが、これが、質屋に出されていました。彼女は高慢と言われて可哀想だと私は同情していました。ですが、甘かったです。やはり高慢でした。私の純情をお金に替えたのです」

少し離れた両親のいるほうに目を向けると、ふたりとも、信じられないという表情をしている。それもそうだ。エンフィールド伯爵家は危ない事業に手を出すこともなく堅実で、お金に困っていない。

ドレスが欲しいなら、そう言えば買い与えてくれる、そんな両親だ。

——プレゼントを手元に置いておくのが気持ち悪かったから……。

本音を言えば、いよいよ高慢だと糾弾されてしまうだろう。

「あの……ごめんなさい……」

としか言えなかった。

すると、鬼の首でも取ったかのように、ヴィンセントが声を張り上げた。

「謝ったということは、認めたということですね！」

周りから、どよめきが起こる。

皆がどんな侮蔑の目で自分を見ているのかと思うと恐ろしくて、アデルは首《こうべ》を垂れた。

もしかしたら、今すでにブルーノは国王とともに舞踏広間に着いていて、ヴィンセントの断罪を聞いているのかもしれない。

修道院でくちづけたときにブルーノがくれた、大切なものを見つめるような眼差しを思い出し、アデルは息が苦しくなる。

今後ブルーノは、以前よりももっと冷めた眼差しでアデルを見ることだろう。いや、さっきのジョスリンのように、目も合わせてくれないかもしれない。

――このまま消えてしまいたい……！

エンフィールド伯爵家とて、これで評判は地に落ちた。

――家族をぬか喜びさせただけでこんな結果になって……みんな、ごめん、ごめんなさい。

「なぜ、お黙りになっているのです！　私の真心を売り払ったということですよね⁉」

ヴィンセントが声を荒げたので、周りが押し黙った。きっと皆の視線はアデルとヴィンセントに集中していることだろう。

――なんでこんなに糾弾されないといけないの……。

あの模造品のエメラルドが真心だというのか。そもそもアデルはプレゼントを返そうとした。

それなのに拒否したのはヴィンセントのほうだ。

受け取らなかった場合、どんなお仕置きをしてやろうかという妄想があまりに変態的すぎて、
手元に置いていること自体が気持ち悪く思えた。

ライオネルが売り払ってくれたときは、すっきりしたものだ。

だが、能力を知られるわけにはいかないので、こんな言い訳すらできなかった。

いつしか楽団が音楽を奏でるのをやめ、舞踏広間は静まり返っていた――。

その静寂を破ったのは落ち着いた男の声だ。

「余興で、お芝居でもやっているのですか?」

ブルーノの声だった。いつもより低く、機嫌がいいとは言い難い。

アデルは声がしたほうに顔を向けることもできず、うつむいたまま身をすくませる。

切り捨てられるのは目に見えていた。

――いえ、捨てられるなんておこがましいわ。

そうだ。アデルはまだ正式には婚約しておらず、拾われてさえいない――。

コツ、コツとゆっくりした足音が近づいてきて、時間の流れがとてつもなく遅く感じられる。

——怖い！

視界に黒い革靴が現れ、靴先がヴィンセントのほうを向くと、足音が止まった。

——私なんて見たくないでしょうね。

「ファルコナー公爵閣下、これはお芝居ではないのです」

ヴィンセントが嘆くように訴えた。

「陛下とともにこちらに参ったというのに、演奏は止《や》んでいるし、皆が君のことに興味津々で、舞踏会というのに静まり返っている。これがお芝居でなくてなんだと言うんだ？」

ヴィンセントがぎょっとして舞踏広間の中央壁際に目を向けると、国王だけでなく、珍しく王太后まで座しているではないか。

王太后の隣には、ジョスリンが立っていて何か話しかけている様子だ。

——今日に限って、ジョスリン様だけでなく、王太后陛下までいらっしゃるなんて！

国王が現れたというのに貴族一同が敬意を払って辞儀もしなかった。その原因であるヴィンセントに、『王室の守護神』がお怒りなのである。

「こ……これは申し訳ありませんでした」

ヴィンセントが力なく謝った。

この会話を、アデルはいたたまれない思いで聞いていた。ヴィンセントが国王のご不興を買った元凶はアデルにあるからだ。

「芝居の幕が下りないと、皆が、いつものようにダンスを楽しめないだろう？　私が下ろしてやろう。まず、なぜ質屋にあるとわかったのか教えてもらおうか」

アデルは顔を下げたままブルーノを盗み見た。ヴィンセントのほうを向いているので表情はわからなかったが、ものすごい圧を感じる。

ヴィンセントが、しどろもどろでこう答えた。

「あの……このブレスレットをつけた女性を見かけ……聞いたところ、質屋で買ったと言うものですから……ショックを受けまして……」

「ほう。質屋でアクセサリーを買うような女性と仲がよろしいようで。その女性は一体どういう方なのかな？」

「そ……それは……」

「いくら質屋とはいえかなり高額だから、召使いとは思えない。どなたなんだ？」

無言になったヴィンセントの耳元でブルーノが何か囁くと、ヴィンセントが目を見開いた。

ブルーノがヴィンセントから一歩離れ、背をただすと、皆に聞こえるような声でヴィンセントに語りかける。

「やはり、ヴィンセントの勘違いだったようだな？」

ヴィンセントがおびえたような表情になったので、ブルーノは今、よほど怖い顔をしているのだろう。

「え、ええ。勘違い……そうです。勘違いしておりました」

その言葉を聞き終えるかどうかというときに、ブルーノがアデルの隣に来た。

公の場でここまで近づいたことがないので何事かと思っていると、強く腰をぐいっと引き寄せられ、アデルは頭が真っ白になる。

――私と親しげにしたら、閣下まで評判が落ちてしまうわ！

ブルーノが微笑んだ。いや、口の端が上がっているだけで、これは笑みではない。彼の瞳には怒りの炎が灯っていた。

このとき、笑顔にも最凶と思えるものがあることをアデルは初めて知った。

「ならば、私の婚約者に謝っていただけますか？」

「えっ？」

こともあろうにアデルは、ヴィンセントと同時に同じ声を発してしまう。観客からもどよめきが起こった。

「何を驚いているんだ？　私とアデルがいい仲だと知って、嫉妬したんだろう？」

ブルーノは、こういうときだけ皆に聞こえるような声になる。全て計算尽《ず》くだ。

「え？　は、はい。嫉妬のあまりひどいことを……お詫《わ》び申し上げます」

おっかなびっくりという感じでヴィンセントが謝った。

「いや。私の婚約者は魅力的なので、お気持ちお察しするよ。せめて、今までいただいたものは全て私からお返ししよう」

「い、いえそんな。いったん、淑女へ差し上げたプレゼントを返却してほしいだなんて……」

これでは、ヴィンセントが自らのけちくささを認めたようなものだ。

「普通はそうだ。だが、私が返却したいんだ。ほかの男からもらったものを婚約者に持っていてほしくなくてね？」

そう言うと、ヴィンセントの反応を待つことなくブルーノは顔を上げ、楽団に目を向けた。

「芝居の幕が下りた。ダンスの時間だ」

ブルーノが手を掲げると、指揮者が慌てて楽団のほうに向き直し、演奏が再開する。

ブルーノがアデルに顔を向け、大仰に驚いてみせた。

「なんてことだ。私はまだ婚約者殿と踊ったことがない」

彼がアデルの手を取り、かしずいてダンスを乞うポーズを取る。

王族が伯爵家の娘に執《と》るような礼ではないものだから、周りから、さっきとは違う種類のどよめきが起こる。感嘆や羨望も混じっていた。

――こうして私の名誉を回復しようとなさっているの？

「私と踊っていただけるかな？」

「は……はい」

ブルーノが立ち上がり、アデルの腰に手を回してダンスのポーズを取った。

いつか、こんなふうに王宮の巨大なシャンデリアのもとで、公爵と踊ってみたいと思ったときがあったような気がする。

現実のこととは思えず、アデルがぼんやりしていると、ブルーノに冗談めかしてこう言われた。

「どこを見ている？　私を見るんだ」

「は……はい！」

「一生、私から目を離すな」

不遜に言い放つと、ブルーノがステップを踏み始める。

彼はいつも国王の近くにいるか、大臣や各国の外交官に囲まれていて、滅多に踊らない。それなのに、とても優雅で流れるようなダンスだった。

――初めてなのに、こんなにも踊りやすいなんて。

アデルは、踊る相手にこと欠いたことがないので、デビュー一年目とはいえ、ダンスに人となりが現れることを体感している。

自分が踊りたいように踊って相手を振り回す人、強引に引っ張るようにリードするような人は、会話の場でも人を心地よくすることはできない。

だが今、目の前のブルーノは歩幅をアデルに合わせつつ、アデルがどうしたいのか察知して動き、ときには人とぶつからないよう、空いている場所へと誘導してくれる。

――どうしよう……私、この方のこと、好き……とても好きだわ。

そのとき、なぜだか涙がほろりと零れた。

一度婚約しようとした者が糾弾されているのを見かねて、つい『婚約者』と口にして、かばってくれただけなのかもしれない。

だが、最も格式高い王宮舞踏会において、国王の前で宣言した以上、撤回は難しいだろう。

目が合うと、ブルーノが片方の口の端を上げた。さっきのような怖い微笑ではない。もう何も心配するなと励ましてくれているかのようだ。

「金輪際《こんりんざい》、君にあんな想いはさせない」

ダンスしながら、彼が背を屈めてしたことといったら――目元の涙を舐めとることだった。

――嘘――!?

公衆の面前なものだからどうしても羞恥心が先に立ち、アデルが慌てて辺りを見渡すと、近くで踊っている人たちが一様に、信じられないものを見たかのような顔をしていた。

それなのにブルーノはアデルだけを見つめている。

「潤んだ君の瞳はとてつもなく美しい」

ブルーノには周りが全く目に入っていないようだ。生まれたときから視線を集めてきた人間の特権かもしれない。

――閣下のほうがよほど美しいのに……。

そう思って眺めていると、今度は、からかうような笑みを浮かべてくる。

「その調子だ。私に見惚《みと》れているがいい」

少し目が細まり、銀糸のような睫毛が深みのある青い瞳にかかる。

――なんてきれいなの。

言われなくても見惚れてしまう。

美しいだけではない。思いやりがある。

彼はアデルに欲情するわけでもないのに、かばってくれた。

「もっと私の顔がよく見えるようにしてやろう。回るよ」

ブルーノがアデルの腰を持ち上げたので、顔が目の前に来たと思ったら、くるりと回って下ろされる。

そのとき、彼の肩越しに、固唾《かたず》を飲んで見守る父が目に入った。その隣で、母が感激したように涙ぐんでいて、アデルは胸を熱くする。

――心労をかけてしまったわ。

アデルは彼の涼しげな顔に視線を戻した。

――この方に、ほかに好きな女性《ひと》がいてもいい。

自分で役に立てることがあれば、少しでも恩を返したい。

曲が終わると、周りの貴族たちが一斉にブルーノとアデルに向けて拍手を送ってきた。

中には、不満げな表情をしている紳士淑女もいたが、『王室の守護神』が決めたことだ。表面上は祝わないわけにはいかない。

ブルーノがアデルの片手を取り、目配せしてきた。拍手に挨拶で返そうということだ。

アデルは彼に合わせて、繋《つな》いでいないほうの手を広げて腰を落とし、皆の祝福に応えた。

そのまま、アデルは彼に連れられ、国王と王太后が座る一角へと案内される。

初対面の王太后はふくよかながらも、若いころは美しかっただろうと思わせられる、大きな青い瞳をしていた。金髪なので、国王の黒髪も、はしばみ色の瞳も父親譲りだろう。

国王と対面するのは、社交界デビューの謁見以来である。

当時は、次に対面するとき、アデルの横に公爵がいるなんて、想像すらしていなかった。

——人生って何が起こるかわからないものね。

「ブルーノ、今までで一番インパクトのある婚約宣言でしたよ」

国王マーティンから苦笑しながら言われ、ブルーノが冗談めかして肩をすくめた。

「悪の手先から姫を颯爽《さっそう》と救い出した正義の味方というところですかね」

「ヴィンセントも焦ったでしょうね。自分が糾弾した相手が、まさかブルーノの婚約者だったとは」

ブルーノが銀色の前髪を優雅に掻き上げる。

「その糾弾の件ですがね。アデルはアクセサリーに興味がなくて、従者に渡して売り払い、そのお金を修道院に寄付していたんですよ」

——なぜ、それを？

驚いてアデルが顔を上げると、ブルーノに目配せされた。余計なことは何も言ってくれるなということか。

「これは痛快。男どもは気を引きたい令嬢の好みも把握せず、贈り物合戦に明け暮れていたということですか」

マーティンが笑っている。

どんな理由であれ、人からの贈り物を売るのは浅ましいことだが、それを笑い飛ばしてもらえたことで、アデルは気持ちがずいぶんと楽になった。

黄金の椅子に座した王太后が身を乗り出してくる。

「どちらの修道院にご寄付を？」

「正確には女子修道院なんです。キースリー大修道院の……」

「院長が女性で、とても徳の高い方だとうかがったことがあるわ」

「ええ！　そうなんです」

「私も慈善活動に興味があるの。今度ごいっしょしたいわ」

「ぜ、ぜひ！　ご案内いたしますわ」

またしてもアデルは涙が出そうになる。まさか王太后に興味を持ってもらえるとは思ってもいなかった。

「その孤児院で、アデルは子どもたちの人気者なのですよ」

ブルーノが自慢げにそう語る。

「まあ。寄付だけじゃなくて、実際に訪問されているの？　見上げた行いね」

——王太后陛下もお優しい……これも閣下のおかげね。

「あまりにもったいないお言葉……とても感激しております」

アデルはそう口にしたつもりだが、最後は涙声になってしまって、ちゃんと聞こえたかどうかはわからない。

力づけるように、ブルーノが腰を抱き寄せてくれた。

その瞬間、ジョスリンの声が頭に届いた。

【我が息子ながらやるじゃないの。でも、この細腰……私だって手を回してみたいわ】

さっきからずっと黙っていると思ったら、修道院の話に興味がそそられなかっただけのようだ。

アデルは安堵の息を吐く。

あのとき、アデルと両親の前を素通りしたのは、息子が婚約を発表する前に、皆に勘づかれて台無しにしてはいけないと思ってのことだったのだろう。

——女性がお好きのようだけど眺めて楽しんでいるだけだし、基本、息子思いなのよね。

そのとき、マーティンが悪戯《いたずら》っぽい笑みを浮かべてブルーノにこう告げた。

「ほら、また涙を舐めてあげないと」

「人から言われるとしたくなくなります」

ブルーノが口を引き結ぶ。

まるで兄弟の会話のようだ。公爵が国王と、じゃれ合うようなやり取りをすることに、アデルはただただ、驚き入ってしまう。


帰り際、舞踏広間から回廊へ出ると、両親は、よかった、よかったと、それぱかり繰り返していた。

その声が届いてしまったのか、立ち話をしていた国王の叔父、エイヴァリー公爵ヒューバードがアデルたちのほうに顔を向けてくる。

横には息子のコンラッド、そして立ち話の相手は、ポッティンジャー侯爵とその令嬢ディアドラだったものだから、アデルは身構える。

自分を仲間外れにしたディアドラが、ファルコナー公爵の婚約者だからといって、今さらアデルに好意的になるとは思えなかった。

両親とともにアデルは腰を深く落とす丁寧な挨拶をした。

ヒューバードが自身の存在を誇示するかのように咳払いをする。

「私の甥と婚約したそうじゃないか。それなのに事前に報告のひとつもないなんてな」

アデルの父が慌てて釈明し始める。

「エイヴァリー公爵閣下、これは大変失礼いたしました。まだ正式には婚約していなかったものですから。今日発表になるとは……私どもも、あまりの光栄に今、身を震わせているところでございます」

「正式に婚約していないのに、ブルーノは公《おおやけ》の場で発言したということか？」

アデルはぎょっとしてしまう。

——私のせいでファルコナー公まで悪しざまに言われるなんて！

「いえ。滅相もございません。私どもが把握しきれていなかっただけでして……」

しどろもどろになった父にコンラッドが追い打ちをかけてくる。

「それにしても我々と親戚になるのですから、婚約者からの贈り物は売り払わないよう、お嬢様を再教育なさっていただきたいものですね」

「申し訳ありません。以後、気をつけます」

父が間髪置かず謝って項垂《うなだ》れる。

こんな父の姿は見たくなかった。これもアデルの軽はずみな行動のせいなのだ。

コンラッドの隣に立つディアドラは扇で口元を隠しているが、その瞳は嗜虐《しぎゃく》的な喜びに満ちていた。

唯一の女友だちだったユージェニーが彼女のグループに入ったときも、こんな表情をしていたように思う。

──私、どうしてこんなにディアドラに嫌われてしまったのかしら。

コンラッドが蔑むような眼差しをアデルに投げかけてくる。

だが、その視線の先は顔より少し下にずれていた。

【あの男も、女に興味がないような顔をしておいて、結局、若い女の色気に負けたってことか。確かに、この胸なら、俺だって揉んでみたい】

アデルは驚いた。表情と思考が一致していない。

──男の人って嫌いな女性にも欲情できるのね。

そしてブルーノはアデルに欲情しないのに、結婚しようとしている。

──自身の評判まで落としかねない私をもらうことになるなんて……。

アデルは申し訳なさで心をいっぱいにしていた。

そのころ国王の居室で、マーティンはブルーノとワイングラスを傾けていた。マーティンが座る長椅子の黄金の肘掛けに、ブルーノが軽く腰掛けている。

マーティンはブルーノに向けてワイングラスを掲げた。

「おめでとうございます。これで公爵家は安泰ですね。アデルは安産型だし、そもそもエンフィールド家は多産だし、さすがブルーノ、ぬかりがない」

ブルーノが不満げにマーティンを見下ろしてきた。

「アデルのお尻を見ましたね？」

おどろおどろしい声で問われ、マーティンはびっくりしてしまう。

「そりゃ、服の上からだって尻が小さいか大きいかぐらいはわかりますよ？　百年前みたいに、無駄にふくらんだスカートを穿《は》いているわけじゃあるまいし」

「アデルの背後に回るときは背中より上しか見ないでいただけますか？」

堅物のブルーノが真顔でこんなことを言ってくるなんて信じられない。

「仕事一筋な人に限って、いったん恋に落ちたら……を、こんなに早く証明してくれるとは思ってもいませんでしたよ」

反論してくるかと思いきや、ブルーノが何か後悔でもするかのようにぎゅっと目を瞑《つぶ》った。

「陛下、謝らないといけないことがあります。グローリアに執着する陛下のことを正直、理解できず、ほかの令嬢を勧めたり、忘れるよう、うながしたりしたこと、申し訳なく思っております」

いきなり謝られて、マーティンは唖然としてしまう。

ブルーノがゆっくりと目を開け、じっとマーティンを見つめてくる。いたって真面目である。

マーティンは噴き出しそうになった。

「ブルーノのそういう素直なところ、好きですよ」

するとブルーノが顔をしかめた。吐き気をもよおしたようなひどい表情だ。

「そこまで気持ち悪がらなくてもいいでしょう？」

「そういう褒められ方は苦手でして……それよりグローリアの捜索、これから本気を出しますのでお赦《ゆる》しください」

――本気出してなかったのか……。

「頼みますよ。それより、女はわかりませんよ。ブルーノの目からも、グローリアは私のことを愛しているように見えたでしょう？　それなのに、置き手紙ひとつで行方をくらましてしまったんですから。残された私としては……」

そこまで話してようやくマーティンは気づいた。

いつも自信あふれるブルーノが人生に絶望している。

「死にそうな顔になっているけど、大丈夫ですか？」

「あ……いえ。少し考えごとをしていただけです」

「もしかして、アデルが失踪したところを想像してこうなったんですか？　いやあ『王室の守護神』も人間だったってことですかねぇ」

可笑《おか》しくなって、マーティンが手元のワイングラスに口をつけたところで、ブルーノに「神はむしろアデルのほうです。私の女神ですから」と言われ、ワインを噴きそうになる。

なんとかこらえたが咳《せ》き込んでしまった。

「何、噎《む》せているんです?」

ブルーノに冷静に問われる。

「いや、人って変わるものなんだな……と思いましてね」

第六章　どうして、すごい人に愛されている、みたいなことに？

王宮舞踏会の翌日、アデルは母からこってりしぼられていた。

「いただいたものを売ってお金にするなんてはしたない！　私は欲しいというものは買い与えてきたはずですよ」

アデルは口答えすることなく、しおらしく首《こうべ》を垂れていた。

昨日は、母に絶望を味合わせてしまったうえに、エイヴァリー公爵に厭味《いやみ》まで言われる始末で、さすがに深く反省している。

「ライオネルもライオネルです。いくらアデルに頼まれたからって、本当に売りに行くなんて！」

だが、従者となると話は別だ。

「それに関しては、私が命じたのですから、ライオネルを責めないでほしいのです」

「あなたとライオネルは乳兄妹だからといって、結託しすぎです！」

そう強い口調で言われたとき、ノック音がして侍女が現れた。

「奥様、近くに用があったからと、ファルコナー公爵がいらっしゃっています」

「これからいらっしゃるという先触れではなく、今すでに公爵ご自身がいらっしゃっているということ？」

「そうです」

「すぐに客間にお通しして！」

侍女に言い放ったあと、母がキッと鋭い眼差しを向けてきたので、アデルはびくっと身構えた。

「……そのドレスのままでいいから、頭と胸元にアクセサリーを足してから客間にいらっしゃい」

——着ぐるみ姿を見られているぐらいだから、今さら取りつくろっても仕方ないのに……。

そう思ったが、明かしたら母が卒倒しそうなので、「はい」とだけ答えて、アデルはおとなしく自室に下がる。

モスグリーンのドレスを着ていたので、宝石を草花の形に模したヘアバンドとネックレスを侍女につけてもらい、アデルは客間へと入った。

公爵邸に比べたら、広くもないし黄金の装飾も少ないが、白と若草色の壁紙の客間は可愛らしくて気にいっている。

すでにお茶会が始まっていて、見慣れたテーブルに、今日は銀髪の美丈夫が座していた。

正直、違和感しかない。

「ファルコナー公爵閣下、アデルでございます。本日はようこそお越しくださいました」

エンフィールド伯爵夫妻とテーブルを囲むブルーノが、振り向いて微笑みかけてきた。

――まぶしい！

アデルが席に着くと、昨日の舞踏会のことで両親が感謝の言葉を並べ立てている。アデルが現れる前から、こんな感じだったのだろう。

そんな調子なので、ブルーノの、アデルの部屋でふたりきりで話したいという要望に、両親ともに二つ返事で承諾した。

表向きは結婚式や結婚後のことをアデルと話し合いたいということだったが、彼がふたりきりになりたいといえば、話だけで済むわけがない。

――お父様、お母様は、公爵がそんな方だなんて思ってもいないでしょうけどね。

だが、アデルは素直に従った。両親ではないが、アデルこそ、ブルーノへの感謝の気持ちでいっぱいなのだ。

アデルはブルーノを自室へと案内し、低いテーブルを挟んで、椅子に座って向かい合う。侍女が傍らでお茶の準備をしている間、ブルーノは終始無言だった。

その間《かん》、彼がぼんやりしていたかというと、そんなわけがない。何をしているかは視線の動きを見てわかった。部屋の隅に積み上げてあるプレゼントの山をチェックしている。

侍女が去ると、ブルーノが本題に入る。

「贈り物の件だが、誰から何をもらったのかリストを出してくれないか？　その中に売ったものがあれば、その売価も書いてほしい」

「はい。先ほど、母にもリストを出すよう言われていたところです」

「お母上は、どうしようとされていたのかな？」

「あるものは、お返しし、売ったり捨てたりして手元にないものは、同じくらいの価値があるものを返礼すると申しておりました」

「そうか。そこは私に任せてもらえないか？　あとでご両親にもお話しするから」

「……どうなさるおつもりなのです？」

「男性が女性に贈り物をしたら、それでおしまい。たとえその男性の気持ちに応えられなくても返すものではないだろう？　だから、女性は何もすべきじゃない。私から、その贈り物の倍の価値のあるものを届けよう」

「そんなにご負担いただくなんて申し訳ありませんわ」

「私から贈り物をすることで、二度とちょっかいを出すなと脅すだけさ」

――脅す？

そんな発想があるのかと驚いていると、ブルーノが話を継いだ。

「ほかの男からもらったものを、手元に置いてほしくないから、あとは捨ててくれ」

こんなこと、公爵が真顔で言うことだろうか。だが、アデルとて一刻も早く手放したい。

——特にヴィンセント様からもらったもの！

「私は閣下の名声に傷をつけるようなことをしてしまいました。そうすることで、閣下の栄誉が回復されるなら、お言葉に甘えさせてください」

現に、エイヴァリー公爵に甥《ブルーノ》を非難する口実を与えてしまっている。

ブルーノが困ったように笑って、テーブル上でアデルの手を取った。

「私の伯父のことは気にしなくていい」

「なぜ、それを？」

「私がなんのために警察大臣を兼任していると？」

アデルの邸にも密偵を放っていたぐらいだ。情報網を張り巡らせているのだろう。

「でも……でも、私のせいで、閣下まで批判的なことを言われて……」

——私、口惜しくて……。

これ以上話したら泣き声になりそうで、アデルは口を噤んだ。

ブルーノが立ち上がってアデルのところまで来ると、抱き上げて膝に乗せた。

「アデルは優しい娘《こ》だ」

ブルーノが背後から、アデルの頭を撫でてくる。

いよいよ泣きそうになって、アデルは下唇を上に伸ばして口に蓋をした。

「だが、あいにく私は優しくなくてね。いずれ伯父とコンラッドは潰す」

天気の話題でもするように淡々と話すものだから、アデルはうっかりうなずきそうになったが、慌てて顔を上げた。

——潰す？

「潤んだ瞳の君はいつにも増して美しいよ」

言いながら指先で唇をたどられると、またあのゾクゾクが背中を這い上がってくる。

——って、流されてる場合じゃないわ。

「どうして、そんな恐ろしいことを？　ご親戚でしょう？」

「血が繋がっていようがいまいが、君に意地悪をする者は全て潰してあげるよ」

こんな怖いことを、あっさり告げてくるブルーノに、アデルは空恐ろしさを感じる。

「い……いえ、私のために、閣下がそんなことをなさらないでください」

「私のことを心配してくれているんだ？」

正直、ブルーノが心配というより、ブルーノと敵対している人の身の安全が心配になってきているが、自信あふれる顔で問われれば、こくこくと、うなずきで応じるしかない。

「あの……閣下がヴィンセント様に何か耳打ちしたあと、彼が急に勘違いと言い出しましたけど、何をお伝えしたのです？」

ブルーノのダークな面を知った今となっては、何かで脅したとしか思えなかった。

彼がためらいがちに告げてくる。

「淑女にはあまり話したくない内容だが……某娼館の某娼婦の名を出して、その女性がこのブレスレットを身に着けていたことを、今ここで明かして差し上げようかとお伝えしたんだよ」

アデルはぎょっとしてしまう。

「閣下……それをご存じということは、閣下も……!?」

——だから素人娘の私に欲情しないんだわ！

「それはない。さっきも言ったように警察大臣をしているから貴族の素行に関する様々な情報が上がってくるんだ」

「そんなところまで情報網が張り巡らされているのですね」

——そういえば！

「私が贈り物を売って寄付していたことをご存じだったのも……それでだったんですか？」

「いや、それは上がってきた情報じゃない。女子修道院に行ったら、やたら高価な花が飾ってあったので、気になって出所を調べたときに、寄付のことも判明してね？」

「まあ……怖いわ」

——私について、きっともっといろんなことをご存じなんだわ。

「私が……怖い？」

ブルーノが顔を近づけてきて誘惑するような流し目を送ってくる。唇が重なりそうになったところで、アデルは思わずこうつぶやいた。

「……美しすぎるのも……怖いわ」

困ったように笑ってブルーノが顔を離す。

「女性に、美しいと褒められたことはあるが……怖いと言われたのは初めてだな」

「失礼でしたら申し訳ありません」

「いや、いいんだ。怖いくらいに蕩けさせてやる」

「と……蕩け？」

ブルーノが再び顔を近づけてくるものだから、慌てて頬に手をやって制止した。

「あ、あの……贈り物は全て処分しますね」

ブルーノがアデルの手を取り、掌《てのひら》にくちづける。その間《かん》も、横目でアデルを見つめたままなものだから、アデルの中に、またもやあのゾクゾクする快感が生まれた。

「処分か……いっそ、全て売り払って、寄付したらどうだろうか」

実のところ芸術品もあるので、捨てるのはもったいないと思っていた。

だが、貴族は普通、何かを生産したり、何かを売って儲《もう》けたりしない。そういったことをするのを卑しいと考える無産階級である。

だからこそ両親はショックを受けたし、皆から軽蔑の眼差しを向けられた。

——これ以上、閣下に恥をかかすわけにはいかないわ。

「いえ。もう売らないほうがいいと思うんです」

「糾弾する者が現れるのを恐れてのことだね？　それなら大丈夫だ。王太后だって寄付と聞いて感嘆していたじゃないか。実際、君は寄付していたのだから堂々としていればいい。全て売り払って、子どもたちの衣服を新調したり、絵本だけでなく勉強用の本を買ってあげるのはどうだろうか？」

「まあ！　さすが、よくお気づきですわ。読み書きと計算はちゃんとできるようにしてあげたいと思っていましたの」

「ああ。やっと笑ってくれたね？」

ブルーノがうれしそうに目を細め、頬を重ねてくる。

——どうして私、公爵に溺愛されている、みたいな立ち位置にいるの？

こんなすごい人が婚約者だなんて、まだ実感が湧かない。

ブルーノはしばらく頬ずりして、肌と肌の感触を愉しんでいる様子だったが、彼がそれだけで終わるわけがない。

布地の上から胸のふくらみを持ち上げるようにつかむと、ゆっくりと揉んでくる。その動きの緩慢さに、かえって官能を高められ、アデルは気づけば身をよじっていた。

「あぁ。敏感で可愛い、私のアデル」

そんなことを言われたら、アデルはいよいよ昂ってしまう。

しかも、ブルーノが唇を重ね、舌に舌をからめてくる。

アデルは片手を彼の首に回し、夢中で舌を吸う。

しばらくお互いの舌をむさぼり合っていたが、やがて彼が名残惜しそうに唇を離した。

「今日は抵抗しないんだな？」

「え……え」

キスしただけで、アデルの躰全体から力が抜けていた。

「抵抗しないと、もっと先まで進んでしまうよ？」

そんな欲望めいたことを言ってくるが、心の声は何も聞こえない。

――どうしたら、私に欲情してくださるのかしら。

紳士たちの心の声で多かったトップ3は、3位『胸と胸の間に肉棒を挟んで前後させてほしい』、2位『小さな口で私の大きなものを咥えてほしい』、1位、『私の屹立《きつりつ》したもので奥の奥まで何回も突きまくりたい』である。

思い出して気持ち悪くなりながら、アデルはブルーノのしみひとつない肌を凝視する。

――閣下ならきっと『肉棒』だってきれいなはずよ。

アデルはごくりと生唾を飲み込む。

「それより……私、少しでも閣下のお役に立ちたいと思っているんです」

――情欲的な意味で。

と、口にしてしまいそうになり、慌てて止めた。

ブルーノがアデルの顔をのぞきこんでくる。

「今日はやたら殊勝だな。贈り物騒動のことで恩を感じているなら、その必要はない。それだけ君に、男性を惹きつける魅力があるということだ。むしろ、誇りに思えばいい」

エイヴァリー公爵のように批判的な人たちがいるとわかったうえで、こう言ってくれているのだ。

「……ありがとうございます」

アデルは、再び涙が出そうになる。

「感謝なら、躰で示してもらおうか」

ブルーノが高慢な笑みを向けてきた。

これは彼流の冗談なのだろうが、今のアデルは躰でもなんでも使ってブルーノに奉仕したいぐらいの境地にいる。

——私ばかり気持ちよくなるんじゃなくて、閣下を気持ちよくさせてあげたい。

「あの……閣下はどういったことをお望みなんでしょうか？」

トップ3のどれか。それとも、ヴィンセントのように紐で縛って逆さ吊りにするのが好みなのか。

——相手が閣下なら、私、やれます。やってみせます！

すると、意外にもブルーノが動揺した様子になった。

ブルーノが動揺するのも無理はない。

今、アデルは頬を赤く染めて恥ずかしそうにブルーノを見上げ、彼の、おそらく性的な欲求について尋ねているのだ。

絵面《えづら》的にはいつまでも見ていたいが、残念ながらブルーノを好きでこういうことを言っているのではない。

彼女は舞踏会で救ってもらったことに感謝しすぎていて、恩返ししたいだけだ。

──もらった恩を返したいという義理堅さ……そういうところも好みではあるが……。

だがブルーノが希求しているのは、アデルの愛であって、恩返しではない。

「私の望みはどうでもいい。アデルがどうしてほしいのか言ってごらん？」

大腿に腰かけるアデルの片方の胸を覆い、緩慢に揉みながら、うなじにくちづける。

すると彼女が身をくねらせた。

アデルは反応がよくて困ってしまう。弾力ある臀部が膝に乗っているだけでも勃ちそうなのに、股間に押しつけるように揺らしてくるではないか。

──滅私《めっし》！

ブルーノは自身にそう言い聞かせた。

このやわらかな感触から意識を飛ばさないといけない。そうしないと、初めて訪ねた婚約者の部屋で破瓜《はか》なんていう鬼畜な所業を働いてしまう。

そもそも、彼女に手を出したのは、快楽によって神から引き離すのが目的なので、従順になった今、最後までできない状況で達《い》かせるなんていう苦行を重ねる必要はない。

──膝に乗せたのは失敗だった……。

アデルが顔を振り上げてくる。困ったように眉を下げ、小さな赤い唇が開く。

「でも……私、閣下に気持ちよくなってほしいんです」

ブルーノは思わず、唇に唇を重ねる。

あまりのやわらかさに唇だけでは満足できず、舌を差し入れる。すると今日は彼女が舌を差し出してくるではないか。

小さくやわらかな舌が口内で蠢く。

ブルーノは、しばらく夢中で舌をからめてしまう。

唇が離れたとき、アデルは小さな舌を少し出したまま、うっとりと目を細めていた。

──なんなんだ、この可愛い生き物は……。

いつも容易《たやす》くブルーノを殺しにかかる。

「私が君を気持ちよくしたいんだ。どうしてほしい？」

ブルーノは耳朶をしゃぶりながら、双つの胸を揉《も》み上げる。

「あ……あぁ……ん」

微《かす》かながらも漏らした嬌声は高く可愛らしい。

彼女が気怠《けだる》げにブルーノに顔を向けてくる。

「……閣下を……気持ちよく……あっ」

布越しに胸の先端をつねったら、膝の上で彼女が小さく跳ねた。

──駄目だ。もっと徹底的に感覚を切らないと。

「私ばっかり……気持ちよくなって……閣下も……」

上気して紅《くれない》に染まった顔を眼前にし、ブルーノは再び下腹が疼きそうになったが、戦場で辛かったときのことを思い出して、なんとか滾《たぎ》ったものが勃ち上がるのを阻止できた。

──いや、待て。

それより今の発言は、かなり重要な内容ではなかったか。

ブルーノは胸先をいじる手を片方だけ、つつつと下げていく。下腹まで来ると、耳元で囁いた。

「つまり、私に今までこうされて気持ちよかったってことだな?」

言いながら、秘芽があるあたりをドレスの上から優しく撫でる。

「ああ……」

アデルは座っていられなくなり、肘掛けに頽《くずお》れた。

「ならば今日も達《い》かせてやらねばなるまい？」

彼女の背中のホックを、さすがに今日は丁寧に外し、胸元を覆う生地をずり下げて乳房を露わにさせ、ピンク色に輝く乳暈を指先でなぞる。乳首に触れないぎりぎりのところで円を描いていると、もどかしいのか物欲しそうな眼差しを向けてきた。

――彼女を見たら、駄目だ！

このままだと、一線を越えてしまう。よりによって彼女の部屋で。

「そろそろ潤ってきたころだろう？」

ブルーノは急ぎ立ち上がり、彼女を後ろ向かせ、その手を長椅子の背もたれに置かせた。

――間に合った！

これで顔も胸も見られなくなった。後頭部だけを見ていればいい。そうすれば、尻も視界に入らない。

それなのに、アデルが顔を向けてくるではないか。

――せっかく顔が見えないようにしたのに……！

「後ろ向き……どうして？」

悲しそうに問われる。

ブルーノの顔を見ていたいということか。

――本当になんなんだ、この可愛い生き物は――。

そのとき、ブルーノはアデルの向こうに鏡があることに気づいた。

「わかった。私の顔が見えるようにしてやろう」

ブルーノは彼女を片腕で抱きかかえ、もう片方の手で椅子を持ち上げた。数歩歩いて、鏡の前でまず、ブルーノが椅子に腰を下ろし、その上に彼女を座らせる。

鏡に剥き出しの乳房が映ったのが恥ずかしいのか、アデルが腕で胸元を隠して、顔を背けた。

彼女の白い頬が薄紅色に染まっていく。

そのとき、ブルーノの中に、今まで知らなかった感情が湧き上がってきた。

――アデルをもっと恥ずかしがらせたい……。

「私の顔を見えるようにしてやったのだから、ちゃんと鏡を見るんだ」

「だって……これだと、私の躰まで……」

そう抗議してくるが、ブルーノの躰と密着したことで感じているらしく、その声は弱々しかった。

「君の躰はどこもかしこも美しい……もっと見せてやろう」

ブルーノは彼女の両膝をつかみ、自身の大腿の外側までガッと左右に広げる。

「え……何を？」

戸惑うアデルに何も答えないまま、ブルーノはスカートをめくり上げ、ドロワーズの股部分に開《あ》いた切れ目を広げた。

「明るいから、いつもよりよく見える。ピンク色の花びらが可愛らしいね？」

「やっ」

アデルは脚を閉じようにもブルーノの脚が邪魔でできず、スカートを引き下げて秘所を隠す。そのせいで胸を遮るものがなくなってしまっていた。

「今度はピンクの蕾が見えてしまったね。ご覧。この蕾は私に触られると、すぐに形を変えるんだよ？」

ブルーノは脇下から手を差し入れ、彼女の豊満な乳房を揉みしだきながら、指先で蕾を弾く。

「あっ」

アデルがビクッと顔を傾け、両目を閉じた。こういうとき弾みで口が開くのが可愛らしい。

——確かに顔が見えるのはいい。

だが、ブルーノの忍耐力にも限界がある。彼女の尻に敷かれた彼の雄芯がトラウザーズの中で硬くなってきていた。

——だが、耐えてみせる！

そのためには短期決戦である。

そもそも、ここは彼女の自邸なのだ。家族や使用人に気づかれないうちに、たたみかけるように快楽を与えて、素早く絶頂に導くのだ。

「ほら見て、蕾が尖っているよ？」

ブルーノは乳房を下から掬《すく》い上げるようにつかんで、前に張り出させる。その先で乳首がぴんと立っていた。

アデルがちらっと横目で見るとすぐに視線を外して、顔を真っ赤にして目を瞬《しばたた》かせている。見てはいけないものを見たという感じだ。

――この表情、そそるな。

「せっかく鏡があるんだから、ちゃんと見ないといけないよ？」

罰するように、乳首をピンと弾くと、アデルが「んんっ」と呻いた。声が外に漏れないよう、口を閉じて耐えている。

そんな姿にそそられ、ブルーノの躰の奥で欲望が目覚めそうになる。

「ここは恥ずかしいんだ？　なら、蕾じゃなくて咲いている花に移ろう」

スカートを抑えているアデルの手を両方とも背後に持っていき、まとめてつかむと、ブルーノはもう片方の手で、スカートをたくしあげる。

花弁は露をしたためていた。

「君のきれいな花が、物欲しそうに涎《よだれ》を垂らしているよ？」

ブルーノは二本の指を使って花弁を広げ、鏡で見えるようにしてやる。その瞬間、蜜がとろりと垂れた。

「見……見ないでください……」

「君に見てほしいんだ。ほら、雨上がりのマグノリアの花のように美しいね？」

「全然……そんなこと……」

ブルーノは蜜口を広げたまま、指先で蜜芽をつつく。

「ふ……くぅ」

アデルがびくんと尻を浮かせた。

「反応がいいね……見て、この芽。私に愛撫されると、こりこりしてくるんだ」

「え……そんなこと？」

立ち上がってきた芽を優しくさすってやる。

「そうだよ。見てごらん？」

「む……無理ぃ……で……す」

「恥ずかしいなら、私が指で隠してやろう」

ブルーノは彼女の蜜芽から秘裂にかけて中指を置き、ゆっくりと前後させた。こうすれば秘裂を見えなくした状態で蜜芽を刺激できる。

「んっ……くぅ」

彼女が涙を浮かべて、小さな口を開けっ放しにしている。太ももは、さっきからびくびく揺れていた。おそらく、もう抵抗する力は残っていない。

ブルーノは後ろ手にくくっていた彼女の両手首を離した。やはり、躰から力が抜けているようで、手はだらりと左右に垂れるだけだ。

「あっぁあ！」

アデルが白い首を仰け反らせた。ブルーノが蜜孔に指を差し入れたのだ。

「見て。この花、私の指をどんどん呑み込んでいくよ」

「あぅ……あっ」

壁を押し回しながら進むと、襞《ひだ》がびくびくと強く指を締めつけてくる。

「自分でもわかっているんだろう？　私の指を誘うみたいに締めつけていること」

「さ……誘って……なんか」

「それなら、どうしてこんなにあふれてくるんだ？」

ブルーノは、わざと音が立つように、指でぐちゅぐちゅと蜜を掻き出す。それで壁がこすれるのがまた快感になるらしく、アデルがブルーノの大腿をぎゅっとつかみ、胸板に後頭部をすりつけてきた。

鏡を見れば、頬から胸元まで赤くし、ブルーノのことだけを感じ取りたいとばかりに目をぎゅっと閉じているアデルがいる。

ドレスは胸元だけ開《はだ》けていて、ずれたコルセットに押し上げられた乳房は前に突き出すように盛り上がっている。

めくり上げられたスカートの下では、左右に開かれたドロワーズの切れ目から垣間見えるピンク色の花弁が、蜜でてらてら光っていた。

ずくんと彼の下半身が熱くなる。

──まずい。

このままでは雄根が勃ち上がってしまう。

ブルーノまで鏡から目を逸らすはめになった。鏡を見ることなく、胸の前で片手を広げ、指先で双《ふた》つの乳首をつついてやる。

アデルが、感じるたびに「あっ」「ぁあ」と声を漏らして躰全体をびくつかせた。

可愛い声を耳にしながら、ブルーノは蜜源に指二本をずぶりと差し入れ、半分くらい入ったところで、親指を伸ばして蜜芽をこする。

「ふぁっ……あぁ！」

ブルーノは耳元で囁いた。

「あまり声を立てないほうがいい。ご家族が気づくよ」

「そんな……なら、こんな……こと」

切れ切れの声で、アデルが訴えてくる。

「こんなこと、しなくていいの？」

してほしいと言えとばかりに、ブルーノは二本の指を彼女の弱いところに押しつけて揺らす。

「あっぁあっ。……閣下が望むなら……私、なんでも……」

あまりうれしくない答えが返ってきて、ブルーノはいらついてしまう。

「アデルは望まないっていうのか？」

ブルーノは胸から手を離して彼女の顎を取り、鏡のほうに向かせる。

「ほら、ご覧。私の指を咥えこんで美味《おい》しそうに食べているよ？　やめていいって言うのか？」

ブルーノは彼女の中を指で何度も押し回す。そのたびに奥へ引き込もうとするように内壁がまとわりついてきた。

「あっ……あう……閣下ぁ……も……ぁあ！」

アデルは理性を失い始めているようで、声が大きくなってきている。

――これは、さすがにまずい。

彼女の顔を上向かせ、口で唇を覆い、舌で埋め尽くすことで声を塞いだ。

口を繋げたことで手が空き、その手で乳首をぐりぐりと強くよじれば、膣道がひくひくと痙攣で返してくる。

――もうすぐだ。

指の抽挿を速めていくと、口を通して喉奥からくぐもった声が聞こえ、肌も汗ばんでくる。

やがてアデルは四肢をしならせ、腹の奥で指を一層強く締めつけたあと、ぐったりとブルーノの胸に躰を預けた。

ブルーノが彼女の中からずるりと指を引き抜くと、こぷりと蜜が零れる。

トラウザーズの中では昂《たか》ぶりがぱんぱんにふくれ上がっていた。

――どうにかしてここを出るまでに、治めないと。

息が上がる中、ブルーノは彼女のドレスをただすと、抱き上げて長椅子に座らせる。

その横に腰を下ろし、ブルーノは背もたれに腕をのせた。

――妙に疲れた。

あの舞踏会の一件以来、アデルは結婚したくないとか、修道女になるとか、口にしなくなった。

だから、手淫をして快楽に溺れさせる必要などない。

それなのに、今日、彼女と語らい合っていたはずが、気づけばこのざまである。

――一刻も早く結婚しないと。

これ以上、ブルーノは自分の欲望に勝てる自信がなかった。

第七章　お役に立ちたいんです、旦那様！

「アデル様、ファルコナー公爵と結婚されるって本当なんですか？」

アデルは結婚の報告をしようと思って、クリスティーナが非番の日に、彼女の部屋を訪れたのだが、扉が開くなり逆に、こう問われてしまった。

「自分でも、こんなことになるなんて驚いているんです。修道女になると言っていたのに……お恥ずかしい限りですわ」

クリスティーナが、ぷっと小さく笑う。

「恥ずかしいなんて、可笑《おか》しなことをおっしゃいます。おめでたいことではございませんか。ただ、寂しいですわ。今後は修道院にいらっしゃらなくなるのでしょう？」

「いえ。読み聞かせは、今後もやらせていただけるとうれしいですわ」

「いただけると、なんて……皆、大歓迎ですわよ？」

「さっき、リリエンソール院長もそう言ってくださったのですが、元はと言えば、修道女にしてくださいってこちらからお願いしたところから始まったので、恥ずかしくって」

「私も似たようなものです。しかも、修道院に入ってから妊娠が発覚したんです。院長は本当に心が広いお方で、私、何度救われたことかわかりませんわ」

——修道院に入ってから気づいたの？

アデルは内心驚きつつ、それを顔には出さないよう心がけ、こう答えた。

「わかりますわ。俗世でも院長のような心持ちで生きていきたいものです」

「扉の前で立ち話もなんですから、よろしかったらお座りになって」

クリスティーナが部屋の中央に置かれた小さなテーブルと椅子二脚を手で指した。

「その前にプレゼントを持ってきましたの」

アデルは、首に鈴がついているワンワン兄のぬいぐるみをバッグから取り出しながら、ベビーベッドのほうに向かう。赤ちゃんから見えるところで、ぬいぐるみを揺らすと鈴が鳴り、フレドリックが弾けるように笑った。

「まあ！　ワンワン兄にそっくり！　これもご自分で作られたのですか？」

「ええ。趣味なもので。座らないで、ここで話しましょうよ。そうすればフレドリックもママの顔をずっと見ていられますわ」

クリスティーナもベビーベッドのところまで来て、楽しそうに笑うフレドリックを眺めた。とたん、慈しむような眼差しに変わる。

——この子の父親とはうまくいかなかったようだけど……やっぱり自分の子は可愛くて仕方

ないのね。

ブルーノとの子ができたら、きっと自分は夢中になる――そんな予感がした。

クリスティーナが、ふふっと上品に笑う。

「アデル様を選ぶなんて、公爵は見る目がおありですわ」

いきなり褒められ、アデルは照れてしまう。

「そんなことを言ってくれるの、クリスティーナぐらいですわ。私、社交界では女友だちが全然いないんですもの。だから、ここで修道女の皆様とお話しできて、とても楽しかったんです」

クリスティーナが寂しげに笑った。まるで自分も経験があるような笑みだ。

それでふと、今まで気になっていたことを聞いてみた。

「前々から思っていたのですが……クリスティーナは、本当は貴族なのではありませんか？」

間髪置かず、クリスティーナが「まさか」と否定してきた。

おっとりしている彼女にしては反応が早い。こう言葉を継いでくる。

「行くあてもなく、院長のご厚意でここに住まわせていただいている私が、そんなわけないでしょう？」

「言葉遣いや立ち居振る舞いが上品だから、そうかなって。変なことを聞いてごめんなさい」

「いいえ。いいんですのよ。でも、貴族だけが特別上品というわけではないでしょう？」

「そう。そうですわよね」

「貴族だって、偉ぶった方もいらっしゃるけど、アデル様のように誰にでも丁寧に接する方もいらっしゃいますわ」

「公爵は偉そうですよ」

「でもきっと、偉そうなのは見かけだけですわ」

アデルは違和感を覚えつつ、「そうかもしれませんね」と答えた。

まるでクリスティーナが公爵を知っているかのようだ。

――それはそうよ。公爵は修道女全員と面接したんだもの。

すぐに、そう思い直す。

――公爵が捜している女性は金髪だから、クリスティーナなわけがないんだけれど……。

それなのに、彼女を見ていると、ブルーノとお似合いだと思ってしまう。

じっと見つめていたら、クリスティーナがこちらに顔を向けてきたものだから、アデルはドキッとした。

「アデル様、厚かましいお願いなんですけど……もし私に何かあったら、この子が成人するまで後見人になってくださらないかしら?」

「ええ?　どうしていなくなるの?　こんな可愛い子と離れられるっていうの?」

「……絶対に離れられません、離れたくありません」

クリスティーナの瞳に涙が滲《にじ》み、アデルは慌ててしまう。

「あ、あの。ごめんなさい。離れたくないに決まってますわよね？　きっとずっといっしょですわ。でも、今度もまた相手の幸せを祈っていなくなるおつもりでしたら、フレドリックにとって母親と別れることは決して幸せではないと思いますの」

クリスティーナが刮目《かつもく》して口元を手で覆い、黙り込んだものだから、アデルは慌ててしまう。

「あ、あの……もしかして、元恋人のお家《うち》が子どもを取り返そうとしているとか？　私の従者は護衛を兼ねていて、剣の大会で優勝したことがあるぐらいなんですのよ」

彼女がクスッと笑ってくれた。この調子だと思い、アデルは話を続ける。

「実は公爵から警察や近衛兵にスカウトされたこともあるんです！」

クリスティーナが手を取ってきた。

「ありがとうございます。あくまでも、もしもの話ですからご安心なさってください。それによく考えたら、ここは孤児院が併設されているのだから、私がいなくなっても大丈夫ですわ」

「そうは言っても、誰か母替わりの人がいたほうがいいでしょう？　私でよければお任せください」

「ありがとうございます。アデル様は子どもがお好きだから、うちの子をずっと見ていてほしいと思ってしまって……変なことを申してすみませんでした」

「弟妹が大きくなってあんまり相手をしてくれなくなったものですから、子どもと触れ合えて楽しいんです。フレドリックのことは、このワンワン兄に任せて」

アデルは、ワンワン兄のぬいぐるみを顔の前に持ってきて声色を作った。

彼女が顔をほころばせ、テーブルの上に置かれた何枚かの厚紙をアデルに差し出してきた。

「私、ワンワン兄の絵を描いていますの。絵本は小さいでしょう？　ですから紙芝居にしようと思いまして。この子がもう少し大きくなったら、ぜひ読み聞かせてあげてください」

「もちろんですわ」

絵を手に取り、アデルは驚いた。

絵本とそっくりのワンワン兄が描かれていたのだ。

「すごく絵がお上手なんですね。まるで作者が描いたみたいですわ」

「ありがとうございます。でも、ぬいぐるみのほうが似せるのが難しいと思いますよ」

その絵の一枚に細い金髪が一本ついていた。プラチナブロンドというのだろうか、アデルより薄い色の金髪で、アデルのようにカールしていない。

「この絵、私以外にも見せたことがあったりします？」

「いえ。今回が初めてですわよ？」

「そう……完成を楽しみにしていますわ」

そう言って手渡すとき、受け取る彼女の手をじっと見る。

手の産毛は一見、何も生えていないように見えるほど、透明感のある金髪だった。

――もしかして？

ブルーノが捜している修道女はクリスティーナなのではないだろうか。

だが、クリスティーナが眉の色を変えてまで隠れているということは、元恋人に会いたくないということだ。

――でも、幸せを祈るぐらい好きなのよね？

彼女は貴族ではないので、公爵の結婚相手にふさわしくないと思って身を引いた――そんなところだろうか。

アデルはワンワン兄の鈴を鳴らしながら、再びベビーベッドに近づく。

フレドリックはブルーノに似ていない。それに、クリスティーナが金髪とわかった今、銀髪のブルーノとの子が黒髪になる可能性は低い。

――よかった。この子の父親は公爵じゃないわ。

そもそも、ブルーノはこの修道院の女性全てと面会したのだから、クリスティーナが尋ね人なら、今ここにいるわけがない。

張りつめた心がゆるみ、アデルは本題に入る。

「クリスティーナ、あの、もしよかったら……子作りってどういうことをするのか教えていただけたりします？」

アデルは女友だちがいないので、頼みの綱は修道院で唯一、出産経験のあるクリスティーナだけなのだ。

　クリスティーナが、口で手を押さえている。それは決してショックを受けたという表情ではなく——笑いをこらえていた。

「あ、あの私、真剣なんですけど？」

「いやだわ。私も一夜しか経験がないんですのよ」

「まあ！　そうでしたの。でもそれはそれで見習いたいですわ。一夜で妊娠できるなんてすごいです」

「私がわかることでしたら……」


　クリスティーナから聞いた初夜の話が強烈すぎて、アデルは帰りの馬車の中でも、そのことで頭をいっぱいにしていた。

——最初は出血するぐらい痛いっていうのに、一夜で四回もするなんて！

　アデルなど指で達しただけで再起不能になるというのに——。

「アデル様、何かお辛いことでも？　結婚が決まって修道女になれなくなったことで、皆に悲しまれたのですか？」

　ライオネルは、今日は御者ではなく従者として馬車の中でアデルと向き合っている。婚約して以来、アデルが出かけるとき、御者がつけられるようになったのだ。

「え、いえ……それどころか喜んでくれたわ。皆様、いい方ばかりだから……」

「本当に良縁ですから、祝福して当然です」

――ライオネルったら、なんて心が広いの。

その良縁の相手は、ライオネルのことを悪しざまに言っているというのに――。

「公爵には感謝しているわ。舞踏会で窮地に陥った私を救うために、婚約を発表してくださったお優しい方だもの」

――普通なら、正式に婚約していても破棄したくなるような案件よね。

ライオネルが眉間に皺を寄せている。心配している様子だ。

「公爵がお優しい？　私には厳しかったですよ。公爵は人助けで婚約したわけではありません。惚《ほ》れた令嬢と婚約したかっただけです。アデル様が卑屈になることはありません」

アデルは目を瞬かせた。

「公爵が私のことを……好きって言うの？」

「今さら何をおっしゃっているんです？　公爵は迷いもなく川に飛び込んでアデル様をお助けになったんですよ。岸に上がったときの公爵の顔は……まるで自分の命が助かったような、そんな安堵の表情でした」

そういえば、ブルーノが『君が川に沈んだときは……心臓が止まるかと思ったよ』と言っていた。

――ちょっと、待って、待って。私、何を勘違いしているの。

一瞬とはいえ、ブルーノが命に代えがたいぐらい大切に思っている女性になったかのような錯覚に陥ってしまった。全く恥ずかしい。

「……人の苦しみを自分のことのように思うなんて……やっぱりお優しい方ね」

ライオネルが身を乗り出してくる。

「アデル様、もっと自信をお持ちになってください。私の目には、公爵は、アデル様を心から愛しているようにしか見えませんでした。ですから、公爵なら託せるって……」

そこまで言うと、ライオネルがハッとした顔になり、急に口を噤んだ。

「あのとき、ライオネルは公爵にひどいことを言われていたわ……。嫁ぐ私といっしょに公爵家に行ってくれないのはそれでなの？」

「それとこれとは話が別ですよ。現に私は全然腹が立ちませんでした。危ない目に遭わせたのが私なのは本当ですし、助け出したアデル様を見つめる眼差しが愛情のあるものでしたから」

――ライオネルったら、本当に心が広いわ……！

「十二歳差だし、子どもみたいなものかもね」

「いえ、そういう意味ではなくて……そのくらい愛が深いと言いたかったんです」

「あ……ありがとう」

ライオネルが、ニカッと口を開ける。目も白い歯もきらきらしていた。

彼は結婚の不安を取り除こうとしてくれているのだ。

――私……ライオネルと離れてやっていけるのかしら……。


ファルコナー公爵とエンフィールド伯爵令嬢の結婚式が、婚約発表をした二ヶ月後に執り行われるというニュースは貴族社会だけでなく、国中の話題になった。

公爵ともなると婚約から結婚まで一年以上かけてもおかしくない。

そもそも、二ヶ月では、公爵夫人という身分にふさわしいウエディングドレスを伯爵家が用意できるとは思えなかった。

花嫁の実家が準備するのはそれだけではない。

舞踏会用、日常用、外出用のドレスから、下着、帽子、靴、ジャケットまで大量に新調せねばならないのだ。もちろん全て公爵家の格に合ったものでなければならない。

金銭の問題というより、時間の問題が大きく、せめて半年欲しいというエンフィールド伯爵家の願いを、ブルーノは突っぱねる。

その代わり、ファルコナー公爵家が責任を持って短期間で最高級のものを作らせると言って譲らなかった。

一刻も早く結婚せねばならないと、この国を背負う宰相に切羽詰まった表情で言われたら、もう誰も反対できない。

ならば、請求書だけでもエンフィールド伯爵家に、という要望も聞き入れられなかった。

父など、これから戦争の予定でもあるのだろうかとか変な方向に勘繰りだす始末だ。

それからというもの、毎日のように公爵家の家政婦長が伯爵家にやって来て、結婚の準備に追われた。

今までアデルは、仕立屋に出向いてドレスを新調していたが、公爵ともなると、一流の仕立屋を呼びつけることができるらしい。たった一日で用意すべき衣装のデザインを全て決め、一気に素材の発注をかけることになった。

帽子と靴だけは専門の店に連れていかれたが、いずれも王室御用達《ごようたし》の高級店だった。しかもアデルはそこで、まるで王妃が来店したかのように恭しくもてなされた。

公爵夫人の居室の家具や調度など、ブルーノとふたりで選んだほうがいいもののときは、彼が現れたが、アデルに破廉恥な行いをすることは全くなくなった。

——私が修道女になるって言わなくなったから？

だとしたら、やはり彼がアデルに性的な快楽を与えたのは、神から引き離すためだ。

——公爵がおっしゃるように、私は快楽に弱いのかしら……。

それも情けないが、何より心に引っかかるのが、アデルに快楽を与えるだけで、彼自身は快楽を感じていないということだ。

――公爵にとって快楽は手段であって目的ではないんだわ……。

欲望が聞こえないのも納得である。

しかも、結婚式が行われるのはよりによって、彼に初めて官能を植えつけられたキースリー大修道院なのだ。敷地内に王都一の大聖堂があり、王族の冠婚葬祭は全てここで行われる慣《なら》わしなので仕方ない。

この敷地内の女子修道院でブルーノと不埒《ふらち》なことをした。ここで結婚を誓うなんて、神に背いておいて幸福を求めるような後ろ暗さを感じてしまう。

それなのに、ブルーノは「ふたりの想い出の場所で挙式できるなんて運命としか思えないな」と、全く意に介していない様子だ。

式は厳選された招待客だけが参列して厳《おごそ》かに行われた。とはいえ、王族はもちろん、政権の中枢にいる貴族たち、さらには外国の大使まで勢ぞろいでアデルはたじろいでしまう。

だが最もアデルをたじろがせるのは、隣に立つブルーノだ。

――軍服が似合いすぎ！

そういえば、彼は軍功のある大将でもあったのだ。

幻想的な銀髪に黒の軍服を着用された日には、この方こそ『守護神』だと拝みたくなる。

あまりに緊張しすぎて記憶が飛んでしまった結婚式だが、ブルーノがアデルを、きれいだとか白のウエディングドレスがこんなに似合う女性はいないとか、褒めちぎってくれていたような気がする。

式が終わると、アデルはブルーノとファルコナー公爵邸へと移る。

披露宴は本来、花嫁の実家で行われるものなのだが、相手が王族の場合は、花婿の邸になるのがしきたりだ。どのみちファルコナー公爵の結婚披露舞踏会ともなれば、招待客が多すぎて、エンフィールド伯爵邸には入りきらない。

公爵邸でアデルは薄紫色のドレスに着替える。軍服のままのブルーノとふたりで大階段を下りて招待客の前に姿を現すと、割れんばかりの拍手が沸き起こった。

舞踏広間で、ブルーノの挨拶が終わると、楽団が曲を奏で、新郎新婦がダンスを始めるのを合図に、皆も踊り出す。

国王とて、この日ばかりは踊らないわけにはいかず、珍しくダンスをしていたが、相手は王妹である。

——国王陛下こそ、早くご結婚なさらないといけないのに。

なぜか、どんな美女にも興味を示さないのだった。

「奥様は上の空だな」

——奥様？

くるっと回って向かい合ったところで指摘され、見上げると、そこにはきりっとした相貌に、きらめく海の瞳がある。

——この方が、今日から私の旦那様だと言うの？

「あの……まだ実感が湧かなくて」

すると、ブルーノが顔を近づけ、耳元で囁いてくる。

「今晩、いやがおうでも実感してもらうよ？」

ずっきゅーんと胸を撃ち抜かれる。もう何回撃ち抜かれたか知れない。

今晩今晩、そうだ今晩。ついに、絶対に、ブルーノは最後までいたすつもりである。

——大丈夫、大丈夫よ。

先日、クリスティーナが、母が教えてくれなかったような心構えを教えてくれたのだ。

クスッとブルーノが、からかうように笑った。

「もしかして、今晩のことを考えて上の空になっていたとか」

「ち……違います。ご招待客の方々について考えを巡らしていたのです」

「それは公爵夫人として素晴らしい心掛けだね」

掲げた手の下でアデルをターンさせながら、ブルーノが薄笑いをした。社交については、あまり期待されていなさそうな感じを受ける。

——なら、私は何を期待されているっていうの？

欲情もしてもらえない。実家は平凡な伯爵家。女友だちは全然いない。

——自分で挙げ連ねておいて、落ち込んできたわ。

そこまで考えたところで曲が終わり、拍手が巻き起こる。

手を繋いでないほうの手を広げ、ふたりそろって皆に辞儀で返した。

その後、アデルはブルーノに連れられて王太后のもとへ行く。

王太后は、義妹であるジョスリンと長椅子に並んで座り、会話を楽しんでいた。

まず、ジョスリンが息子夫婦に気づいて、こちらに視線を向けてくる。

「あら、うちの可愛い花嫁が陛下にご挨拶しに参りましたわ」

ジョスリンがにこやかに、王太后にそう話しかける。

と同時に例の声が響きわたった。

【もう、ブルーノったら、もっと露出度の高い花嫁衣装を勧めればいいのに。でも、私、布で隠れている部分が多くても裸体を想像できるんだから！　むしろ燃えるっていうか】

——そ、そんな能力が……!?

全てを透視されているような怖れを抱いているうちに挨拶が済み、朗らかな会話が繰り広げられた。

最後は王太后のこの言葉で締めくくられる。

「うちの息子にも早く結婚するよう言って頂戴《ちょうだい》」

「かしこまりました」

ブルーノが冗談めかして大仰に頭を下げると、アデルを連れて国王マーティンのほうに向かう。

「陛下、今日はご参加、ありがとうございます」

「こちらこそお招きありがとうございます。ブルーノが美しい花嫁にデレデレしているところを見られるなら、招待されなくても来たいぐらいですからね」

近しい間柄だからこそできる軽口だ。

「思った以上にデレデレしていたでしょう?」

堂々と言うことだろうか。夫の言葉にアデルは噴き出しそうになって、扇で顔半分を隠す。

マーティンが人懐っこい笑みを向けてきた。

「余が結婚するまで結婚しないと言っていたブルーノを先に結婚させたのだから、アデルは大したものだよ」

そんな意外なことを言われ、アデルは驚いてブルーノを見上げる。

ブルーノが否定せずに、アデルの腰を抱き寄せる。

――人前でも気にせず、こういうことをするんだから……！

「作戦変更ですよ。我々が幸せそうなところを見せつけて、陛下が早く身を固めたくなるようにしようと思いまして」

マーティンが、ふんと鼻で笑う。

「全く、いい性格してますよ」

　そうブルーノに告げてから、マーティンがアデルのほうに顔を向けた。

「ブルーノはこの通り、口では可愛げのないことしか言わないけれど、心根はいい人だから、よろしく頼むよ？」

　アデルもブルーノについてそう思っていたので、可笑《おか》しくなってしまう。笑いをこらえて、

「こちらこそお願いしたいものですわ」と、腰を落とす辞儀をした。

にこやかに別れたあと、ブルーノの顔が急に引きしまった。彼の視線の先には、エイヴァリー公爵親子、ヒューバードとコンラッドがいた。

　婚約を公表したときの舞踏会で、事前の報告がなかったとしてブルーノを貶《けな》した人たちだ。

　ブルーノが少し屈んでアデルに耳打ちしてくる。

「不愉快になるようなことを言ってくるかもしれないが、気にしなくていいから」

「は、はい！」

　ブルーノはヒューバードの前に出ると、まるで仲のいい親戚に久々に会ったかのように大仰に手を広げてこう言った。

「伯父上、コンラッド、お忙しい中、ようこそいらっしゃいました」

「可愛い甥《おい》っ子がようやく身を固めたのだから、当然のことだよ。それにしても、この歳まで結婚しなかったのに、なぜこんなに結婚を急いだのかな？」

ヒューバードが挑発的な眼差しを向けてくる。

そこに合いの手を挟むように息子のコンラッドがこんなことを言ってきた。

「もしかして、妊娠されているのではありませんか？」

——そういうとらえ方もあるのね！

それにしても失礼な言動である。

とはいえ、夫はどんなにいやらしいことをしても寸前で止めてくれました、と反論するわけにもいかず、アデルは口を三角の形にキープすることだけに注力していた。

ブルーノは怒ることなく、優雅に微笑んだ。

「もし、妊娠していれば、とてもおめでたいことですが、さすがに、子作りは今晩からにしておきますよ。むしろそれを早めたいから急いだというか……」

ブルーノに甘い視線を送られ、アデルは固まってしまう。

その瞬間、欲望の声が頭に響いた。

【くっそ。ブルーノは今晩、この胸にむしゃぶりつけるってわけか】

コンラッドが胸に視線を送ってくる。

残念ながら、ブルーノの意向で谷間が見えないよう、装飾で隠されている。嫁ぐにあたり新調したドレスは、どれも肌の露出が少なめなのだ。

その後、当たり障りのない会話をし、表面上は、穏やかに別れを告げた。

ブルーノが「喉が渇いただろう?」と、給仕に目配せして白ワインをふたつ持ってこさせる。

ワイングラスで乾杯して少し飲んだところで、待ち構えていたかのように高位の貴族や大使たちが挨拶にやって来た。

アデルが再び口を三角形に戻すと、例の声が聞こえてきた。

【立てば妖艶、座れば肉感的、歩く姿は扇情的と言われている令嬢の性的魅力に、公爵もひれ伏したってわけか】

そんなキャッチフレーズをつけられていたことを今になって知ったアデルだ。

こんなふうに、アデルの躰を眺めて欲情の声を漏らす輩《やから》もちらほらといたが、アデルは誰が何を言ったかについて心のメモに殴り書きすることを忘れなかった。

身分の高い貴族たちの挨拶が大体終わったころ、ブルーノと同い歳ぐらいの軍人たちがやって来て、最初こそ新婦の美しさを褒めそやしてくれたものの、やがてアデルの知らない人物名がどんどん出るような思い出話になっていく。

今度はそれを見計らったように、夫人や令嬢たちがアデルのほうに、じりじりとにじり寄ってくる。

この現象は、婚約が発表されてから起こるようになった。

権威のある男性との結婚の予定ができると、とたん、みんな仲良くなりたいと思うようだ。

——なんて、むなしい関係かしら。

こういう事象に遭うと、俗世を捨てて女子修道院に入りたいような気持が湧き上がってくる。

年上の夫人たちを差し置いて、まず、お祝いの言葉を告げてきたのがポッティンジャー侯爵令嬢ディアドラである。

「このたびは、おめでとうございます。おふたりのダンス、息が合っていて素晴らしかったですわぁ」

アデルは唖然としてしまう。

ディアドラは、アデルを除け者にした首謀者だ。ばれていないと思っているのだろうか。

こんなふうに堂々とされると、お茶会に呼ばれなくなるというのはユージェニーの被害妄想だったのではないかという気さえしてくる。

「あ、ありがとうございます」

彼女の華やかさに気圧《けお》され、アデルはそう答えることしかできなかった。

ディアドラが扇を広げて、にっこりと微笑みかけてきた。

「エンフィールド家は代々多産でいらっしゃるでしょう？　宰相まで射止められるなんて、羨ましい限りですわぁ」

そのとき、アデルは天啓《てんけい》が下ったのかと、刮目《かつもく》した。

――多産！

アデルは七人兄弟である。アデルの父や母に至っては八人兄弟と九人兄弟。

そのとき、ようやくアデルは自分にも役に立つ方法があることに気づいた。

「本当によかったですわ！　私、子どもが大好きですの」

「そ……そう。なら、よろしかったですわね」

ディアドラが不服そうなのが少し気になったが、ブルーノと結婚する理由ができたようで、アデルはやっと、もやもやを解消できたのだった。


舞踏会は夜が更けても続いていた。

客人は、もうちらほらしか残っていなかったが、国王を見送るまではお開きにできない。

国王マーティンは舞踏広間を早々に抜け出して、貴賓室で酒をあおっていた。

ブルーノがアデルを連れて貴賓室を訪れ、酔いつぶれているマーティンを、若い侍従に命じて馬車まで連れていかせる。

馬車の中に押し込まれると、マーティンは後部座席に横たわり、「グローリア……」と呻くようにつぶやいた。

――女性の名前よね？

もしかしてマーティンには忘れられない女性がいて、それで独身を貫いているのだろうか。

ブルーノが知っているのかが気になり、彼を見上げたら、眉間に皺が寄っていた。

——その女性が気に食わないとかじゃないわよね？

「くれぐれも気をつけて、ベッドまでお連れするように」

ブルーノが国王の侍従にそう告げた。

——心配で眉間に皺が寄っていただけみたい。

馬車が門のほうに向かい、見えなくなると、ブルーノはアデルをいきなり抱き上げる。

「これで舞踏会は終了だ！」

アデルは、ふわりと宙に浮いたような感覚に驚いたが、それより近くにいた貴族や召使いの目が真ん丸になっているほうが気になっていた。

「まだお客様が」

周りの目が気になって、狼狽《うろた》えるアデルの頬に、ブルーノがくちづけてくる。

「見せつけてやればいい」

アデルは抱き上げられたまま公爵の寝室まで連れていかれる。

ブルーノはアデルを床に下ろすなり、壁に押しつけ、スカートをたくしあげた。股の間に大腿を差し込んでくる。

「あっ」

彼のたくましい大腿で秘所をこすられ、アデルは早々に声を漏らしてしまう。

「二ヶ月……長かった……ついに君と……」

――君と？

「ひとつになれる」

どきんと心臓が跳ねたところで、目の前に彼の顔が来た。

いきなり舌が入ってくるようなくちづけをされ、衣装の上から乳房を鷲づかみにされる。

「……ふぅ……んっ……くぅ」

唇が少し離れるたびに喉奥から声が漏れ出た。

彼が舌でアデルの口内をまさぐりながら、背中に手を回してくる。ホックをひとつ、ふたつと外してきた。

アデルが彼の胸板を押すと、彼があっさり唇を外し、不思議そうに問うてくる。

「どうした？」

「あの、この衣装、結構複雑で……だから、やっぱり侍女に脱がしてもらって、それで寝衣に着替えてからここに来たら……駄目ですか？」

「駄目」

即答された。

「ど、どうして？」

「二ヶ月も待って……もうこれ以上無理だからだ」

「そ、そんな……子どもじゃないんですから」

「前みたいに破かないでくださいね！　もし将来、子どもに『なんで破れてるの』なんて聞かれた日には……」

「私は手先が器用だから任せておけ」

「子、できる予定なんだね？」

うれしそうに、頬にくちづけてくる。

──だって、それが目的でしょう？

そう言いそうになって、アデルはぐっと心の中に押しとどめた。

「では、私が公爵夫人付きの侍女となって、脱がせてやろう」

そう言ってアデルを抱き上げると、速足でベッドに向かい、上掛けをめくり、シーツの上に彼女を座らせた。

ブルーノがベッドに軽く腰かけ、背中の釦《ボタン》をひとつひとつ外していく。

背中から、もぞもぞと伝わってくる彼の指の動きが存外に心地よく、甘い疼きが生まれる。

──彼に何をされても、すぐに感じてしまうんだもの……。

ブルーノの手で、こんな淫らな躰に変えられてしまった。

アデルは、えも言われぬ陶酔に包まれ、目を閉じた。

「アデル……ドレスの中から出てくれるか？」

耳元で囁かれ、アデルは目をぱちくりとさせる。気づけば、コルセットも外されていて上半身裸で、下ろされたドレスと下着の中に座っていた。

アデルが尻を使ってドレスから這《は》い出ると、ブルーノがドレスをたたんで脇にあるチェストの上にそっと置いた。アデルがこのドレスを記念にしようとしていると思ってのことだろう。

アデルは顎を取られて、ちゅっと触れるだけのくちづけをされる。

「どうした、ぼうっとして？　さすがに疲れたのか？」

「え？　あ……そうですわね。そうかも……」

確かに今日は、今まで生きてきて最も目まぐるしい一日だった。こんなにたくさんの人たちと会って話したのも初めてだ。

——でも、違うわ。

ぼうっとしてしまったのは彼の手の動きに感じてしまったせいだ。

そのとき、衣擦《きぬず》れの音が聞こえて振り向くと、トラウザーズを脱ぎかけの彼がいたものだから、慌てて向き直る。

——前は、濡れてびしょびしょになっても脱がなかったのに……。

今思えば、ブルーノがトラウザーズを決して脱ごうとしなかったのは、一線を越えないようにと思ってのことだったのだ。

——ときめいちゃう！

胸の奥のきゅんきゅんが止まらなくなったところで、背後から抱きしめられる。たくましくて大きな躰だ。

——守られてる感じ……。

「閣下……。私、ずっと閣下とこうなりたかったように思います」

すると、彼がアデルの背に寄りかかり、頬に頬を重ねてきた。

「素直で可愛い私のアデル。これからはブルーノと呼んでくれるね？」

「閣下を？」

「公爵夫人が夫を閣下って呼ぶなんておかしいだろう？」

「こ、公爵夫人……!?」

そこが一番、信じられないところだ。

「結婚したんだから、君は公爵夫人だよ？」

躰の振動が伝わってきた。笑っているようだ。

やはり名を呼ぶ以上、向き合いたいと思い、躰を離して上体を彼のほうに向ける。

「ブルーノ？」

公爵を呼び捨てにする違和感が半端なくてアデルが首を傾げたところ、いきなりがばっと襲いかかられる。

アデルはベッドに仰向けにされ、組み敷かれていた。

真上にある彼が、何かに耐えるように片目を細めた。

「この娘《こ》は……何度私を殺す気なんだ！」

――どうして、そんな物騒な話に⁉

何かが脚に当たっていると思って視線を下げると、男根が雄々しく立ち上がっていた。

――これが『肉棒』⁉

蠟燭の炎から遠くて細部はわからないが、大きさはわかる。クリスティーナに普段より大きくなるとは聞いていたが、アデルの想像を遥《はる》かに超えていた。

――これ……入らなくなくなくなくない？

動揺のあまり、頭の中で〝ない〟を繰り返してしまうアデルだ。

「大丈夫。久々だから、今日はじっくり馴らしてからにしよう」

彼は察しがいい。

――というか、私、表情に出すぎなんじゃないの？

ブルーノが、相変わらず冷静な表情でアデルを見つめながら、長く骨ばった指を隘路にねじ込んでくる。彼が手を出してこなくなってから二ヶ月の間、凛々しい顔とともに、何度もこの感触を思い出していた。

「あぁ……」

感極まって声を漏らす。指だけで意識が遠くなりそうになる。

――私ってば……どれだけ公爵との接触に飢えていたって言うの。

指が奥まで入ると、入れたままブルーノが、脇に横たわった。片肘を突いて、耳元で囁いてくる。

「反応がいいね？　もしかして、ずっと欲しいと思ってくれていた？」

耳に息がかかり、アデルはそれだけでぶるりと震えた。

「そ……そんなこと」

——しばらくしなかったのって私を焦らしていたの？

「私を思って、ひとりでした？」

「ひとりで？」

もしかして自分で自分の躰をいじることを言っているのだろうか。

——それなら、した。

彼の顔を思い出しながらしたが、ひとりでは達することはできなかった。

そんなことは恥ずかしくて言えない。絶対に言いたくなかった。

「答えないということは、したってことだな？」

ブルーノがわざとじゅぶじゅぶと音を立てて蜜を掻き出す。

卑猥な音なのに、彼の指がこの音を立てていると思うと、それだけで甘美な悦《よろこ》びに包まれる。

息が乱れていく。

彼がもう一本指を加え、二本の指で中を押し広げてくる。

「あっ」

何かにつかまらずにはいられなくなり、アデルは躰を彼のほうに向け、首を掻《か》き抱《いだ》く。乳房の頂が胸板に触れただけで甘い痺れが奔《はし》った。

——気持ちいぃ……。

今、ふたりを隔てる布地は何もない。彼の胸板に乳房を圧《お》され、脚をすね毛にくすぐられ、硬くふくれ上がったものが太ももでこすれる。

「くっ」

彼の何かに耐えるような声が聞こえ、それだけでアデルの中に陶酔が生まれた。

「閣下ぁ……」

「ブルーノだ……アデル……君はどこもかしこも……やわらかい……」

ぐぐぅっと二本の指を奥まで押し込んでくる。

「あっ……ぁあ」

彼の首に回した手に力をこめ、たくましい脚に自分の脚をすりつけた。

「駄目だ……このままでは……」

——このままでは？

彼がアデルの手を首から引き剥がして躰をずらした。

寄りかかっていた躰がなくなり、アデルはそのままベッドに突っ伏す。

「……どうして？」

アデルが顔だけ上げると、そこには、切羽詰まったように双眸を細め、荒い息で彼女を見下ろすブルーノがいた。

視線を下にずらすと、さっきより肥大した漲りがそそり立っている。

——え？　さらに大きく……!?

「もう少し……馴らそうか……」

ブルーノがアデルの腰を取って持ち上げ、四つん這いにさせると、ブルーノが躰を下にずらした。

「自分の躰は……自分の手足で支えるんだよ？」

彼の息が、信じられないことに秘所にかかった。

見下ろせば、彼の顔が秘所の下にある。

「いや……見ないで」

「君だって鏡で見ただろう？」

「このままだと、閣下のお顔に……」

ただでさえ、脚に力が入らなくなっているというのに、彼の顔に座ってしまう。

「そうだ。〝公爵閣下〟の顔に尻もちしたら、いけないよ？」

閣下呼びを早くやめろとばかりに強調してきた。

「ブルーノ……お願い……顔を除《の》けてください」

ただでさえ脚に力が入らず、必死で尻を持ち上げているというのに、これ以上何かされたら、頽《くずお》れてしまう。

「目の前にこんなに美味しそうな果実があるのに、できると思うか？」

ブルーノが秘裂に舌を押しつけるように舐めてくる。

「あ……ふぁあ！」

アデルは顎を上げ、背をしならせる。

ブルーノは、しばらく、ぴちゃぴちゃと秘裂を舐めていたが、やがて、舌をのめりこませてはすすってくる。

「あ……あぁん……んっ……あぁ」

アデルは知らず知らずに腰を上下に揺らしていた。

「腰、動いているよ？」

息がかかって、びくびくとアデルは太ももを痙攣させる。

「あぁ……また垂れてきた」

ちゅうっと蜜源を吸われ、脚ががくがくしてきた。

アデルは、もう何も考えられなくなっていて、ただ、はぁはぁと熱い吐息で快感を逃がすだけで精一杯だ。

そのとき、胸の頂で愉悦が弾けた。

ブルーノが手を伸ばし、双つの乳首を摘まんで引っ張ったのだ。

「あ……ぁ……」

遠吠《とおぼ》えでもするような体勢で、アデルはあえかな声をもらす。もう声も力をなくしていた。

ブルーノが蜜路の浅いところで舌を出し入れしながら、乳首を押し込むように乳房を揉んでくる。

「んっ……くぅ」

と、声を漏らしたのを最後に、アデルは全身を弛緩《しかん》させた。


アデルはブルーノの顔に尻もちをつくことを怖れていたが、そんなことが起こるわけがない。彼が腰を支えているのだから。

ブルーノは上体を起こす。眼下には、太ももを蜜で濡らしたアデルがぐったりと横たわっている。

――もう達したのか。

脇の下から、はみ出した乳房が見える。腰は細く、尻の円みは大きなカーブを描いていて美しい。

――やっと愛《め》でられる。

婚前は、男根が勃ち上がるのを阻止するのに躍起になっていて、こんなふうにゆっくりと彼女の裸体を眺め、慈しむことも叶わなかった。

ブルーノは腰から臀部への曲線を指先でたどる。

「んっ……んん」

彼女が小さく震えた。

「アデル……今までのは全て演習で、本番はこれからだよ？」

ブルーノはアデルを仰向けにした。

彼女の口角が上がっている。幸せそうな寝顔だった。

――こちらまで幸せな気持ちになるじゃないか。

まだ達したままのようだが、このくらいのほうが痛みを感じないだろう。

夫人の中には、新婚生活を地獄だったと表現する者もいるそうだが、そんな下手を打つ気はない。

「アデル……少し太ももを借りるよ？」

ブルーノは、彼女の両脚をくっつけたまま持ち上げ、やわらかな太ももの狭間に猛《たけ》ったものを押し込んで前後させる。

――これは、まずい……。

ただでさえ、はち切れんばかりになっているのに、揺れる乳房を眺めながら、こんなやわらかいものでこすられてはたまらない。

——一度ここで吐精するのもありかもしれない。

そう思った瞬間、「閣下……？」と、寝ぼけたような可愛い声が聞こえてくる。

「あぁ……閣下ぁ……」

どうやら秘所が剛直にこすられるのが気持ちいいようで、アデルが腰を左右によじっている。

ブルーノは彼女の脚を開き、胸の左右に手を突いた。竿部分を上下して秘裂にこすりつける。

「アデル……ブルーノだよ？」

アデルが薄目を開け、小さな唇を動かした。

「ブルーノ……のこれ……気持ちぃ……い……好きぃ」

「アデル……勘弁してくれ」

初めてだから、今日は一回だけに留める。その一回をゆっくり、じっくりやる、そのつもりだった。

——もう無理だ！

「痛かったり、やめてほしかったら言ってくれ」

ブルーノは腰を少し退《ひ》くと、張りつめたもので一気に最奥まで貫く。

「あっ！」と、アデルの眉間に皺が寄ったものだから、ブルーノは少し腰を退《ひ》いた。

「痛むのか」

痛みがやわらぐかもしれないと思って、掌で双つの乳房を同時に撫《な》で回しながら聞いた。

「いいの……それより……もっと……」

潤んだ瞳で、両手を伸ばしてねだってくるではないか。

「ほんっと、勘弁してくれ」

――正常位で優しくやるつもりだったというのに……！

この娘はいつも、ブルーノの計画を全て潰しにかかってくる。

ブルーノは彼女を抱き上げ、腰に落として最奥まで一気に突き上げる。弾力ある臀部が大腿に食い込み、滾ったものは温かな襞に包まれていた。

「あぁ！」

アデルがひと際高い声で叫んでブルーノの首に手を回してきた。必然、乳房が押しつけられることになる。細い腕と小さな手が首にからみつく感触もたまらない。

――どこもかしこも……やわらかい！

もともと吸いつくような彼女の肌だが、今やふたりとも汗ばんでいて、ブルーノが欲望をぶつけるたびに、揺れる乳房がぬるぬると胸板とこすれ合う。

――あぁ……もう天国にいるのかもしれないな。

「ブルーノォ……気持ちぃ……おかし……私」

「私なんて……もっとおかしい」

剛棒で突き上げるたびに彼女の腰を引き寄せる。こうしたら、ひとつの塊にでもなったような快楽が弾ける。

彼女の蜜壁が彼を引きとめるようにうねって締めつけてきた。しかもアデルはブルーノの躰を離さないとばかりに、両脚をブルーノの背にすりつけている。

——私こそ、いろんな箇所を同時に愛撫されるのに弱いじゃないか……。

ブルーノの律動に合わせて、ぐちゅぐちゅと淫らな水音が立ち、細い腕や脚が躰にからみつき、汗ばんだ肌と肌が溶け合っていく——。

「ア……デ……ル！」

ブルーノはそう呻くと同時に彼女の中で爆《は》ぜた。

「あ……うれし……」

彼女は、ひときわ強く怒張を締めつけたのち、ブルーノの腕の中で果てる。

ブルーノは彼女の中を自身の形に変えたまま、想像を遥かに超える愉悦に呆然としていた。寄りかかってきた彼女をぎゅっと抱きしめる。

アデルが微睡《まどろ》みの縁から這い出して横を向くと、ブルーノが片肘を突いてこちらを見ていた。

さっきもこんなふうに見られていたように思う。

そのとき、下腹に痛みが奔《はし》った。

――そうだわ……ついに私、閣《かっ》……ブルーノと結ばれたんだわ。

痛みが表情に出てしまったのだろうか。ブルーノが心配げにこう問うてくる。

「アデル……大丈夫か？」

「……それは気になさらないで」

とうとう初夜でさえも、ブルーノの欲望の声は聞こえなかった。

――甘い言葉を囁くくせに、いつも私だけなんだもの。

アデルは躰を横向きにして、ブルーノと顔を向き合わせた。

彼は、いつものようにきりっとしている。表情も欲情している感じではなかった。

――せめて早く後継ぎを生まないと。

ブルーノは舞踏会で糾弾されたアデルをかばってくれて、しかも修道院での読み聞かせを評価してくれた。好きな人がここまでよくしてくれたのだから、少しでも役に立ちたい。

ときに、クリスティーナが、真の愛とは相手の幸せを祈ることだと言っていた。

――クリスティーナ、私、やっとわかったわ。

アデルは背に手を回してぎゅっと抱きしめ、顔をのぞき込む。

ブルーノの片方の口の端が皮肉っぽく上がった。

「積極的でうれしいよ。でも……痛むんだろう？」

なぜこんなに痛みにこだわるのだろう。正直、あの気持ちよさの前では、痛みなど、どうでもよくなるというのに――。

「痛みなど気にしないください。一夜に何回もしたほうが妊娠しやすいんですって」

クリスティーナは初夜で四回もして、その一夜で妊娠したそうだ。

とたん、彼の表情が冷めたような気がした。

――気のせいよね？

相変わらず、彼の心は読めない。

「誰に聞いたんだ？」

「女友だちに……」

ブルーノが白けたような眼差しを向けてくる。

――女友だちなんていないくせにって思ってるのかしら。

「子どもなんて今から焦ってどうするんだ。そんなことは気にしなくていい」

ブルーノは優しい。真の紳士である。

――でも、そうよね。私、十八歳だから、十人くらいいけそうだもの。

「今日は……というか、昨日は目まぐるしくて疲れただろう？　ゆっくりお休み」

ブルーノが仰向けになる。

アデルがしなだれかかると、上掛けをかけてくれた。彼の胸筋はすべすべしていて気持ちいい。

「それもそうですね。お休みなさい」

――本当に優しい～！

朝、目覚めると、見慣れぬ豪奢《ごうしゃ》な黄金の天蓋があった。

――そういえば、結婚したんだわ。

起き上がって、横を見るが誰もいない。ただ、彼の残り香があった。

「おはよう」

背後から声が聞こえて、アデルがそちらを向くと、窓際でブルーノが長椅子から立ち上がったところだった。彼はもう正装に着替えていて、書類を手にしていたので、それに目を通しながらアデルが起きるのを待っていたのだろう。

「申し訳ありません。私、寝坊したみたいで」

アデルは上掛けを引っ張って躰の正面を隠し、彼のいるほうを向いた。

すると、ブルーノがベッドの端に腰かけて、唇が触れるだけのキスをしてくる。

「早起きする必要なんかないよ。ただ、私はそろそろ王宮に出かけないといけなくてね？」

「お忙しいんですのね」

新婚一日目ぐらいゆっくりできるのかと思っていたので、内心がっかりしながらも、アデルは口角を上げてみせた。

「とにかく、君と早く結婚することしか考えていなかったものでね。王宮に行ったあと、遠出の予定があって、しばらく留守にする」

「……しばらく?」

アデルは唖然としてしまう。

それなら、結婚を急ぐ必要はなかったのではなかろうか。

――本当に読めない。

しかも、彼が「レッドモンド修道院とハーズデイル修道院に用があるんだ」と言ってきた。

両方とも、女子修道院がある。

ブルーノは結婚後も、修道女捜しをやめる気はないようだ。

アデルは今になって、自分が立っている場所の脆《もろ》さを思い起こした。

彼が元恋人を捜していることなど、わかった上で結婚したはずだ。真の愛が相手の幸せを祈ることならば、彼が無事、お目当ての女性を見つけ出せるよう祈らなければならない。

「そんなに寂しがるな」

ブルーノに抱き寄せられる。だが、守られているような気持ちは、これっぽっちも起こらなくなっていた。

広大な公爵邸で、ひとりで過ごすのは寂しすぎるので、アデルは実家に戻ることにした。

——兄弟だらけのあの家から、ひとりぼっちって差が大きすぎよね。

王都のエンフィールド伯爵邸は車回しなどもなく、黒い鋳鉄《ちゅうてつ》の門扉《もんぴ》の前で馬車を降り、御者に門を開けてもらって数歩歩けばすぐにエントランスである。

見上げれば見慣れた赤レンガの建物があり、公爵邸から来ると、こぢんまりした印象を受ける。昨日の朝までここで暮らしていたのに、なぜかしばらく訪れていない気すらした。

中に入ると、母親が飛んで来た。

「ど、どうして新婚初日にアデルがここにいるの……!?」

「今朝、公爵……夫が出張に行ってしまったんです」

母が卒倒しかねないような顔になる。

「もともと出張の予定があったそうなので、ご安心ください」

アデルは気分転換しようと、中庭に出てブランコを漕《こ》ぐ。

「公爵夫人がブランコを漕ぐなど、なんたることだ！」

父の声がして、振り返ると、ライオネルが笑っていた。

「旦那様の声に似てたでしょう？」

「もう！」

――めちゃくちゃ癒《いや》されるじゃないのよ！

そのライオネルが軍服を着ている。

「どうしたの？　その恰好？」

「聞いてなかったんですね。私、ひと月前に近衛隊に入隊したんですよ」

「そうだったの……。いよいよ会えなくなるわね」

「公爵が紹介してくれたんです」

――ブルーノったら、私たちを引き離す気ね。

「それで満足？」

「ええ。軍の中でも近衛隊は花形ですし」

「そうよね。銃も剣の腕も素晴らしいのに、いつまでも私の護衛じゃもったいないもの」

「また卑屈になってますよ」

「卑屈じゃないわ。ライオネルは、もっと大きな舞台で活躍すべき人だと思っていたの」

ライオネルがアデルの前まで来て、冗談めかして敬礼する。

「それは光栄。アデル様がお生まれになったときからずっといっしょだったから、別れるなんて考えられませんでしたが、お互い卒業するときが来たようです」

アデルが泣きそうになったところで、頭を撫でられる。昔こうして慰めてくれたことがよくあった。

だが、もうこの温かな手とはお別れだ。

公爵邸だって、ブルーノのお目当ての女性が見つかったら、妻妾同居《さいしょう》になるかもしれない。

アデルは猛烈な孤独感に襲われていた。

三日後、ブルーノは邸に戻るなり、アデルを当主の居室へと誘《いざな》った。侍従によって扉が閉められるやいなや、唇を重ねてくる。

「今日こそ一日中、寝室に閉じこもろう」

ブルーノがアデルを軽々と抱き上げた。

人払いをしていたから、こうなることは予想していたが、アデルには、今日はそういうわけにはいかない理由がある。

「ごめんなさい。私、月のものが……」

「……そう」

ブルーノは平静を装っていたが、落胆の色を隠せなかった。

「つまり、妊娠しなかったってことです。ごめんなさい」

「たった一回でそれはないだろう？　こんなことで謝らないでくれ。同じベッドで眠れるだけで十分じゃないか」

「それでご満足いただけるようでしたら」

ブルーノが怪訝《けげん》そうに眉をひそめた。

「結局、君は恩返ししたいとか、そういう理由で結婚を呑《の》んだのか？」

「ブルーノのお役に立ちたいんです。それが私の幸せです」

「君の幸せは？」

「私の幸せ？」

——好きな人と結婚できて幸せなはずなのに……。

「……ある修道女が『真の愛とは欲を捨てて相手の幸せを祈ること』と言っていたんです。私、ブルーノには幸せになってほしいと思っていて……ブルーノが幸せなら幸せです」

ブルーノが寝室のほうに向かって歩き出した。

「理屈っぽいな。もっと感情で考えてもいいんじゃないか？　それにしても相手の幸せを祈るというのは修道女らしいが……まるで欲を捨てた経験があるみたいだ。なんという名の修道女なんだ？」

——そういえば、全員、面接してるんだったわ。

「クリスティーナです」

ブルーノが歩を止めた。

「そんな名の修道女はいなかった。年齢は？」

「二十歳《はたち》ぐらいです」

「二十代はふたりしかいなかった。ハンナとトレーシーだ」

「すごく記憶力がいいんですね」

――もしかして、クリスティーナは面接を受けていないの⁉

クリスティーナの子がブルーノの血筋を感じさせなかったので、彼と関係ないと思ったが、やはり、彼が捜しているのは彼女なのだろうか。

――ほかの男性の子を身ごもったことで、ブルーノの前から姿を消した、とか？

「その修道女の髪と目の色は？」

「緑の瞳に――黒髪です」

彼女が金髪を隠している以上、明かすわけにはいかない。

――そんなの、建前じゃない？

ただ、ブルーノが想い人を見つけてほしくなくて、自分は明かさなかったのではないのか。

「リリエンソール院長は全員を集めたと言っていたが」

「たまたま買い物にでも行っていたのではないでしょうか。絵を描くのが好きで、画材は自分で買いに行くって言っていました」

不審に思われたくなくて、アデルは思わず出まかせを言った。

「へえ？　どんな絵を？」

アデルはだんだん、尋問されているような気になってくる。

――尻尾《しっぽ》を出さないようにしないと。

「絵本より紙芝居のほうが読み聞かせにいいのではって、『ワンワン兄』の絵本を模写してくれているんです。今ごろ完成しているころじゃないかしら。私、紙芝居をしたいので、また修道院に行ってもいいでしょう？」

面接していない修道女がいることがブルーノに知れたと、クリスティーナに伝えなければいけない。

「もちろん。出かけたいところに出かけたらいい。私もいっしょに行こう。その修道女を紹介してほしい」

――やっぱり私、墓穴、掘ってる！

「そ……その修道女は金髪ではありませんわ」

「そうだね。さっきアデルが黒髪だって言っていたよ？」

「私……知っているんです。ブルーノが金髪に緑の瞳の女性に執着してらっしゃること」

――あぁ、もう嫌われたわ。

社交界で抹殺されそうになったところを救ってもらった身だというのに、結婚したとたん欲張りになるなんて、自分は最低だ。

ブルーノが意外そうに片眉を上げた。

「執着？　私が……誰に？」

「元恋人を捜してらっしゃるんでしょう？」

――私ってば、なんて面倒くさい女なの！

「うれしいよ」

――ん？　何この反応？

「アデル、さっきから様子が変だと思ったら……嫉妬していたんだな」

「し、嫉妬なんてしていません。覚悟をしているのです。いいんですのよ、隠さなくて。元恋人が見つかっても私、邪魔しませんし、ちゃんと後継ぎを生むことで恩返ししますから」

ブルーノが思いっきり笑って、抱き上げられているアデルまで揺れた。

「想像力豊かだな」

「だってそうでしょう？　なら、どなたを捜しているっていうんです？」

「座ろうか」

寝室の手前の部屋で、アデルは長椅子に下ろされ、ブルーノが隣に腰を下ろす。

「ここだけの話だが、一年と少し前に失踪した男爵令嬢の話を聞いたことはあるかな？」

「ええ。何か事件ではないかって。恐ろしいことですわ」

「その令嬢グローリアは、マーティンの秘密の恋人だったんだ」

「だった……ということはお別れに？」

「マーティンに別れの言葉を残して、自ら消えた」

「その方の髪と目の色が……もしかして？」

「そうだ。君と同じ金髪に緑の瞳。ただし、君のほうが濃い色だ。彼女はプラチナブロンドなんだよ」

——クリスティーナと同じだわ！

そして、息子フレドリックは国王と同じ黒髪だ。

——つまり、王太子ってこと？

クリスティーナが、自分のお乳で育てられたのはよかったと言っていたのも納得だ。王妃には乳母が何人もつく。

「ブルーノ、あのね」

クリスティーナのことを伝えようとして、すぐに口を噤んだ。

——クリスティーナは国王に会いたくないのよね？

だが、夫に恩返しをするチャンスでもある。

「心当たりが？」

「いえ。驚いただけです。だって、それって陛下の片思いということですよね？」

「ああ。でも、私たちは両思いだね。嫉妬してくれたぐらいだから」

ブルーノがうれしそうにアデルの肩を抱き、頭を寄せてきた。

――こんなことで喜んでくれるなんて……嘘でしょう？

そもそも、どんな令嬢が相手でも、この公爵が片思いなんて、そんなことはありえない。

「あの……お別れの言葉って、何が書いてあったんですか？」

別れた理由がわかれば、クリスティーナを説得できるかもしれない。

「『陛下、愛しています。だから私はいなくなります』だって。愛しているなら、ずっといっしょにいてやればいいのに」

「愛しているから……いなくなる？」

クリスティーナは、愛しているからこそ別れないといけないことがあると言っていた。

――やっぱり、クリスティーナはグローリアなんだわ！

彼女はなぜ、国王を幸せにできないと思い込んでしまったのだろうか。

国王が泥酔して、馬車でグローリアの名を呼んでいたことを知ったら、彼女しか彼を幸せにできないと、わかってくれるはずだ。

「私は君といると幸せだから、いなくなってはいけないよ？」

ブルーノが真顔で言ってくる。

アデルは深くうなずいたあと、こうひとりごちた。

「……ライオネルが言っていたことは本当だったわ」

「ライオネル？」

ブルーノが眉をひそめた。

「ライオネルが私に、こう言い聞かせてくれたんです。公爵は私を愛しているって」

「ライオネルが？」

「川に落ちた私を救い出したとき、公爵が、本当に安堵したような顔をしていたって」

「そうか……ライオネルはアデルのことが本当に好きなんだな」

「近衛隊に推薦してくださったんですってね？」

「ああ。以前、従者が優秀だと自慢していただろう？　調べたら剣術の大会で優勝していて、軍からスカウトが来ていたのに断っていた。君の従者でいたかったようだ。だが、君が嫁ぐことになって、ようやく受けてくれた。おかげで近衛隊にいい人材を登用できたよ」

「そうでしたか。よかったです。私の我儘で前途有能な方の未来を閉ざさずに済んで」

「彼的には、君に閉ざしてほしかったのかもしれないがね？」

「え？」

ブルーノが遠い目をした。

「……彼ならきっと出世するだろう」

「きっと……そうですね」

第八章　もっといちゃいちゃしておけばよかったです！

ブルーノの伯父にあたる、エイヴァリー公爵の邸もまた宮殿のように広大で豪華である。

薔薇が咲き誇るメインガーデンを見渡せる、クリーム色の円形の東屋《ガゼボ》で、ディアドラは椅子に座ってコンラッドと向き合っていた。

大理石のテーブル上に置かれたディアドラの手に、コンラッドが手を置いてくる。

「このあと、私の居室に来ないか？」

コンラッドが下心丸出しの笑みを浮かべてきた。

ぞくっと背筋に悪寒が奔《はし》るが、そんなことはおくびにも出さず、ディアドラはにっこり微笑んで、コンラッドを叱るように、彼の手に手をぱしっと重ねた。

「婚前に、屋内で殿方とふたりきりになるわけにはいかないわ」

「五日後の王宮舞踏会で婚約を発表する仲じゃないか？」

それならなおさらだ。焦ってセックスする必要などないだろう。

「だからこそ、結婚するまでは、誤解されるようなことをしたくないの」

コンラッドがディアドラの手を両手で包んでくる。

「私たちの間に子ができたら、その子が国王になる可能性だってあるんだよ？」

色目を送ってきたが、全然さまになっていない。彼は二十一歳になったばかりで。性に興味があるだけのただの子どもである。

だから、ディアドラにとって彼を籠絡することなど、容易《たやす》いことだ。

ディアドラは悲しげに眉をひそめ、潤んだ瞳で彼を見つめる。

「私の息子が国王になるということは……あなたが死んじゃうってこと？」

むしろ、子どもだけもらって、さっさと死んでもらいたいぐらいだ。

そんなディアドラの本心など知ることもなく、コンラッドがにやついた。

「もう、ディアドラは可愛いな」

――ふん、単純ね。

扱いやすい。でも、本当はファルコナー公爵のような外見も頭もいい男と結婚したかった。父親には国王を落とすように言われたが、あの貧乏くさい女に執着していて、それも叶わなかったのだ。

――ふたりとも女の趣味が悪すぎなのよ！

アデルもグローリアも、パッとしない家の娘のくせに、ろくに努力もせず、最上級の男から求婚された。何度思い出しても腸《はらわた》が煮えくり返る思いだ。

しかも、アデルなど、結婚の理由が多産だと貶《おとし》めてやったのに、子を産むとはりきり出す始末だ。頭の中に花でも咲いているのではないか。

――こうなったら、あのふたりより大きな権力を手に入れてみせる！

そのためにはコンラッドの子種が必要だ。

だが、それは結婚後であって今ではない。

目の前のコンラッドはにやにや薄笑いをしている。いやらしい表情を隠そうともしない。

父によると、彼はディアドラ以外の貴族女性とのつきあいがないらしい。それを父は自身の力によるものだと思っている。ディアドラの後ろにポッティンジャー侯爵という有力者を見ているから、彼は決してディアドラを裏切らないと。

そういう面はあると思う。

コンラッドが娼館に出入りしているという噂を聞いたことがあるが、貴族女に手を出すとあとが怖いので、玄人を相手に愉しんでいるのだろう。

――父が亡くなったら、どうなることやら。

女に一途《いちず》な分だけ、国王のほうがまだマシだ。グローリアが失踪すれば、その一途さをディアドラに向けてくれると思っていたが、彼はいつまでも忘れようとしない。

だが、グローリアは身分をわきまえて身を引いた分、まだアデルよりマシだ。

グローリアは自分の家が王家と釣り合わないことを自覚していた。

なので、国王に隣国エベールの王女との縁談が持ち上がっている、結婚による同盟は我が国に平和をもたらすだろうと告げたら、真に受けて国王の前から消えると言い出した。

ちょうど、隣国エベールの王太子と王女が訪問する予定があったので、そんなに間違っていない忠告だ。

隠れ場所として修道院がいいのではと提案してやったら、そこに引っ込んでくれたので、せいせいした。

それなのに、手紙で妊娠したことについて相談してきて、裏切られたような気持ちになったものだ。

しかも無事出産してしまった。

グローリアは尻軽女だ。

婚前なのに国王と関係を持った。

——これだから育ちの悪い女は嫌いなのよ！

だが、そんな憤りに、いつまでも捕らわれている必要はない。もうすぐ第二王位継承権を持つコンラッドと婚約するのだ。

今のうちに、〝王太子〟を片付けておく必要がある。

「コンラッド様、それより……いいことを教えて差し上げるわ。実はあなたの王位継承権を脅《おびや》かす存在がいるのよ」

「どういうことだ？」

「国王に隠し子がいるの」


ディアドラの企《たくら》みなど知ることもなく、この翌日、アデルは読み聞かせをするという口実で女子修道院に出かけた。

真の目的はクリスティーナの説得だ。彼女と子どものことをブルーノに伝える前に同意を得る必要がある。

アデルが客間で修道服に着替え終わったところで、クリスティーナのほうからやって来た。

「アデル様、ご結婚なさったばかりなのに早速いらしてくださって……うれしいですわ。さすがに、公爵はいらっしゃらないんですわよね？」

見つかることを怖れて探りを入れてきたのだろうか。

——ということは、国王陛下のところに戻りたくないってことよね？

「夫にあなたのことを話したら、今度会いに来たいって……」

クリスティーナの顔から、さっと血の気が引いた。

——やっぱり！

アデルは彼女の手を両手で包んだ。

「私は味方ですからね。あなたとあなたの愛する人がどうしたら幸せになれるのか、考えているんです」

「な……なんのことです？」

「クリスティーナ……いえ、グローリア。国王陛下は、今もあなたを忘れられないでいます。彼のもとに戻って、子どもの顔を見せてあげてほしいんです」

「グローリア？　どなた様でしょう。もしかして公爵がお捜しの修道女が、そのグローリアという方なのですか？」

「そう。私の夫が捜していたのは……あなたでした。そうでないなら、なぜ、黒髪であるかのように見せかけているのです？」

　クリスティーナが慌ててベールを押さえた。

「別に私は犯人捜しをしているつもりはありません。夫が国王陛下の想い人について話すのを聞いてピンときたけれど夫には何も言っていませんわ。あなたにも陛下にも幸せになってほしいんです。だって、私たち友だちでしょう？」

「私は……フレドリックがいて幸せです」

「でも、今の陛下は到底、幸せには見えません。彼のもとに戻って、その子の顔を見せてあげてほしいんです。愛する人に幸せになってほしいんでしょう？」

　クリスティーナがハッとして口に手を置いたあと、瞳を潤ませる。

「だって……私と結婚しても、陛下には……何も……」

そこまで言って、クリスティーナ、もといグローリアは涙を零した。

彼女の話はこうだ。

一年と数ヶ月前、グローリアは、国王マーティンとの初めてのダンスで会話したとき、こんなにも話の合う男性がいることに驚いたそうだ。

だが、自分は、しがない男爵の娘なので、それ以上を望むことはなかった。

それなのに、マーティンから花や贈り物が届くようになる。必ず彼女への愛を語る手紙が添えられていた。

しかも、グローリアが王宮舞踏会に参加すれば、必ず踊ってくれた。

当時、マーティンは国王として複数の令嬢とまんべんなく踊るようにしていたのに、グローリアが毎回、必ず国王に選ばれる令嬢として噂に上り、令嬢だけでなく、その母親からも厭味《いやみ》を言われるようになる。

身分違いだから勘違いしないようにと忠告してくる令嬢もいた。

その一方で、マーティンとは、皆の知られないところで何度も秘密の逢瀬《おうせ》を重ねていた。

そのたびに、グローリアは、彼はほかの令嬢とも水面下でこうやって会っているのだと自らを諭し、勘違いしないよう努めた。

そんな中、唯一優しくしてくれたのは侯爵令嬢のディアドラだ。

ディアドラによると、やはり国王は陰で様々な令嬢と会っていて、ディアドラもそのひとりだと言う。

しかも、国王は政略結婚の相手が決まっているそうだ。

もうすぐ隣国エベールの王太子と王女が我が国を訪問する予定があり、それが実質、お見合いになる。それで今、国王は独身最後の青春を謳歌すべく、令嬢たちとの逢瀬に精を出しているとのことだった。

「ちょっと待ってください」

そこまで聞いて、アデルは話を止めた。

「ディアドラの、その話を信じたって言うんですか?」

「そうです。実際、昨年、エベールの王女は親善大使としていらしたでしょう?」

「そうですけど……それならなぜ今、その王女との結婚話が進んでいないんです?」

「国と国とのことだから表に出ないだけで、進んでいるのではありませんか?」

「いえ。陛下のあの感じだと……絶対に進めていません」

どう考えても、あの国王が令嬢たちと火遊びをするわけがないし、グローリア一筋で、王女の訪問がお見合いの意味を持っていたとしても全く興味を示さなかったことだろう。

彼は王太子ではなく国王なのだから、結婚を強要されることもない。

――するとしたらブルーノぐらいよね。

そのブルーノがグローリアを捜しているし、彼の口から王女の話は全く出てこなかった。

そもそもディアドラがグローリアに優しく接したこと自体がおかしい。彼女は身分で人を見る女性だ。男爵令嬢など歯牙《しが》にもかけないはずである。

子爵令嬢のユージェニーだって、アデルから引き離すために、自分のグループに入れただけで、最近、話の輪に入れてもらえなくて隅でいたたまれなさそうにしている。

どう考えても、ディアドラは国王の愛情を奪う目的で、グローリアに近づいたとしか思えなかった。

国王としても、自分の愛する女性の友人ともなると、無碍《むげ》にはできなくなるだろう。そこもディアドラの狙いだったのかもしれない。

アデルがディアドラの意図を推しはかっていたら、グローリアがこんなことを言ってくる。

「陛下に求婚され、このままではエベール王国との関係が悪くなると思い、身を引こうとしたその日、陛下と一夜を過ごしてしまったんです。それで、恐ろしくなりました。このままだと離れられなくなってしまうって。それで、その晩、書き置きをして逃げ帰ったというわけです。困っていたところ、ディアドラが修道院を紹介してくれて……」

ディアドラの悪だくみに引っかかったとしか思えない。

「お人よしにも、ほどがありますわ」

強い口調で言うと、グローリアが目をぱちくりとさせた。

「ディアドラは、ものすっごく意地悪な女性ですよ」

と、アデルはたたみかける。

「え？　ディアドラは、今でも赤ちゃんのおもちゃを送ってくれるいい方よ」

「あなたに子がいることを知っているんですか？」

「ええ。もちろんですわ」

グローリアがきょとんとしていた。

——これはまずいわ。

国王の隠し子が邪魔になったら、ディアドラが何をするかわからない——。

そのとき、ノック音がして扉が開き、小柄な修道女が現れた。お茶に誘ってくれたことのある修道女だ。

「公爵夫人がここにいらしていると聞いて……。さっき、孤児院に軍人がふたり現れて、公爵の命《めい》を受けたとかで、赤ちゃんの顔をひとりひとり検分しているんです。先日の修道女捜しといい、一体誰を捜しているのかご存じですか？」

「公爵？　公爵と言っても私の夫ではありません。夫は私が今日ここに来ることを知っているから、そんなことをするなら伝えてくれるはずですもの」

——そういえば！

エイヴァリー公爵の息子、コンラッドはディアドラと婚約する予定がある。

――王位継承権を下げる存在を、婚約発表の前に消そうとしているんじゃないの⁉

「公爵といってもエイヴァリー公爵のほうです！」

――もともとここを捜索していたブルーノの仕業と思わせる魂胆なんだわ！

グローリアが怪訝そうにしている。

「エイヴァリー公爵が……なぜ？」

「公爵令息とディアドラがもうすぐ婚約するんです。もし国王に子がいるなら、かなり邪魔な存在に……」

「なんですって！」

グローリアが悲壮な声を上げた。ぽかんとしている修道女を後目《しりめ》に、ドアへと急ぐ彼女の腕を、アデルは咄嗟《とっさ》につかんだ。

「代わりに私が行きます」

「どういうことです？」

「あなたをおびき出そうとしているのかもしれません」

「私が目的なら、いつだって身を差し出しますわ！」

「あなただけが目的ならそれでもいいけれど……多分違います」

言いながらアデルは荷物の中からワンワン兄の頭を取り出した。

「黒眉のあなたより金髪の私のほうが、グローリアの特徴と一致するでしょう？　私が注意を引きつけているうちに、このマントの下にフレドリックをかくまって逃げてください」

アデルはグローリアの躰に、もこもこのマントを巻き、ワンワン兄の頭をかぶせた。

「女子修道院を出てすぐの停車場に獅子と貝の紋章がついた、ファルコナー公爵家の馬車がありますから」

「うちの子だけ逃げるなんて」

舌を出した犬の顔から悲壮な声が聞こえてきた。

「あなたの子しか狙われてないし、王位に野望を持つエイヴァリー公爵親子からしたら、最もいなくなってほしい存在です。一番に逃がさないと」

「……あ、ありがとうございます、アデル様」

「任せて!」

——ブルーノ、あなたが捜していた人が見つかったけど……とりあえず命を救うほうが大事よね?

これでようやくブルーノの役に立てそうだ。

金髪が見えるように雑に白頭巾《コイフ》をかぶったアデルが孤児院に入ると、子どもたちの泣き声が聞こえてきた。声がするほうに進むと、そこは一、二歳の子がいる部屋で、フレドリックのベビーベッドがある部屋とは違った。

——よかった。

これなら、この部屋で時間稼ぎさえすれば、グローリアが息子を抱いて逃げられる。

その部屋では、軍人ふたりが、ベビーベッドをひとつひとつのぞき込んでいた。

「ちょっと！　あなたたちが捜しているのは私でしょう？　みんなが怖がっています。さっさと帰って頂戴《ちょうだい》！」

軍人というにはガラが悪すぎる男がヒューッと口笛を吹いた。

【緑の瞳に金髪……さすが国王が惚れた女、いいケツしてやがる】

――まんまと騙《だま》されているわ！

このときばかりは、アデルは自分の能力《ギフト》に感謝した。

「その前に事情を聞かせていただけませんこと？」

――グローリア、今のうちにフレドリックを連れ出すのよ。

「話なんかない。赤子を捜していたら、あんたが出てくると踏んでいたが、まんまと来たか。何せ顔だけ見ても、どの子がお目当ての子かわからないからなぁ。で、あんたの息子はどこで寝てるんだ？」

ライオネルと同じ軍服なので、近衛兵のものだが、言動からして偽者のように思う。そもそもこんな汚れ仕事を請け負う近衛兵などいない。

「まあ。私に子どもですって？　いるわけがないでしょう？」

手を左右に広げて自身の躰を見せる。

「じゃあ、なんで急に出てきたんだ？」

「私が隠れているせいで孤児たちが誘拐されてはいけないと思ってのことです」

「隠れていたのは認めたな？　あんたが見つかっただけでも、すごい収穫だ。だが、俺たちは雇い主の要望は全部叶える主義でな」

男が背後からアデルの首をぐいっと肘で持ち上げると、短剣を取り出す。

「こいつの子を連れてこい！　でないと、ぶっ刺すぞ！」

修道女たちが悲鳴を上げ、近くでハイハイしていた幼児が、けたたましく泣き始めた。

「うるさい！」と、もうひとりの男がその子をつかみ上げる。

──まずいわ。

このままでは、子どもにまで危害が加えられてしまう。

「わかりました……。教えます。だから、その子を離してください」

「ものわかりがよくて助かるよ」

──どうしよう……もう、ほかの部屋の子たちは避難しているとは思うんだけど……。

そのとき、ワンワン兄が飛び込んできた。

──逃げてって言ったのに！

グローリアのことだから赤ちゃんだけ逃して戻ってきたのだろう。

だが、子どもたちはワンワン兄が現れたことで、助けてもらえると思ったのか「ワンワン兄！」と喜びの声をあげている。

『ワンワン兄とニャーニャー』でワンワン兄が、人間にいじめられている猫を助け出したことを皆、覚えているのだ。

「さあ、みんな。ワンワン兄が来たからもう大丈夫だ」

グローリアは意外と声を作るのがうまかった。まるで男の子のような声だ。

――いえ、違うわ、この声は。

「なんだ、犬、ここからさっさと出ていかないと……」

男が言いかけたときに発砲音がして、アデルは目を瞑った。

――まだ死ねない！

ブルーノと両思いだと実感できた今だからわかる。アデルがこの世を去れば、きっとブルーノの心が死んでしまう。彼を悲しませるわけにはいかない。

――それより何よりも私が、もっといちゃつきたかったのよ！

次の瞬間、銃弾に倒れたのはアデルではなく、男だった。

アデルを羽交い絞めにしていた男の躰から一気に力が抜けると同時に血が飛び散った。

「キャー！」

恐怖と驚きでアデルが叫ぶと、ワンワン兄がこちらに駆けてくる。

「アデル！」

気づけば、アデルはワンワン兄に抱きしめられていた。

――でも、この声は……。

「ブルーノ、どうして……?」

ブルーノが犬の頭部を取ると、修道女たちが驚きの声を上げた。ファルコナー公爵の顔が現れたからだ。

「グローリアに借りたんだ」

「よかった……逃げおおせたのね……」

そのまま、アデルは意識を失ってしまう。


起きたら、アデルは修道院の簡素なベッドで寝かされていた。

「アデル……よかった。目覚めて……」

心配げな顔をしたブルーノが手を取ってくる。

アデルが身を起こすと、シュミーズ一枚になっていた。

「修道服は血塗《ちまみ》れだし、こういうときは楽な恰好のほうがいいからね」

「……私、気を失っていたのですね」

「ああ。水を飲んだほうがいい」

ブルーノが脇のチェストにあったグラスを手に取り、水を一気に口に注ぎ込むと、アデルを抱き寄せ、口移しで飲ませてくる。

どくん、とアデルの中で何かが蠢動《しゅんどう》する。

――いやだわ……ここ、修道院なのに……。

「あ……ありがとうございます。喉が潤いました」

ブルーノがベッドに腰掛け、アデルをぎゅっと抱きしめてきた。

「また、私が死にそうになった……」

アデルはブルーノの背に手を回す。

「心配かけて、ごめんなさい。でも、あの場に駆けつけられたのは、どうして……？」

また密偵でもつけていたのだろうと思いながら聞いたのだが、答えは意外だった。

「いや。駆けつけられたのは、偶然にすぎない。密偵は君にいやがられたので伯爵邸と女子修道院から外していた。今日、そのことをどれだけ後悔したことか」

「偶然？」

そんなこと、ありえるだろうか。

「さっき執務の合間に国王の居室に寄って文句を言っていたんだ。グローリア捜しのせいで、アデルに誤解されたじゃないかって」

「ちょっと、一体、何を陛下に言って……？」

「文句のひとつも言いたくもなるさ。そのとき、部屋を駆け回るペットのコーギー犬を見て、ワンワン兄を思い出したんだ。ワンワン兄の顔はコーギー犬だろう？」

「え、ええ。おそらく……」

話がよく見えない。

「それで、修道院でアデルが『ワンワン兄』という絵本の読み聞かせをしているという話をしたら、国王にものすごく驚かれてね……」

いよいよ話が見えなくなってきた。

「私も初めて知ったんだが……あの『ワンワン兄』は、グローリアが描いたものなんだ」

「ええ⁉」

「国王はグローリアに贈り物攻勢をかけていて、そのお礼にと愛犬を主人公にした絵本をもらったらしい。国王も絵画や文芸が趣味だから、その辺でも意気投合していたようだ」

――話が合うってそういうこと⁉

「そのときになって気づいたんだが、アデルから聞いた『真の愛は相手の幸せを祈ること』って、置き手紙と同じ発想だよね？」

「そうなんです」

「その修道女がグローリアだってことになって、閣議もすっぽかして、ふたりで駆けつけたってわけ。そうしたら、公爵家《うち》の馬車に向かって走るワンワン兄が目に入って……。とんだ運命の再会になったよ」

感動的な場面になるはずなのに、絵面を想像したら可笑《おか》しくて、アデルは笑ってしまう。

「まあ。それはそれは……陛下も驚きになったことでしょう」

ブルーノがぎゅっと抱きしめてきて、アデルは彼の胸に顔を埋《うず》める。

「とにかく……無事でよかった」

「助けてくれて、ありがとうございます」

「母子を守ろうとしたのはアデルらしくて偉いと思うけど……今度からは絶対、危ないことをしないでくれ。そうじゃないと私を殺すことになる」

「ええ。もうしません。我が国の敏腕宰相が亡くなったら大変ですもの」

ブルーノが躰を離して、不服そうに双眸を細めた。

「そういうの、もうやめてくれ。私は妻に夢中なただの夫にすぎない」

「あら。私に身も心も捧げるようになって以前、命令されていましたわ?」

「それは……君が神に身も心も捧げようとしていたから、張り合っていただけだ」

意外な答えだった。ブルーノは少し子どもっぽいところがある。

——そこが可愛いんだけどね。

「ふたりは?」

「馬車の中にまだいるんじゃないかな」

そのとき、ノック音が響いた。

「閣下、近衛隊長のグリアーソンです」

「入りたまえ」

言いながらブルーノがコートを脱いでアデルに掛けた。シュミーズが見えないよう配慮したようだ。

扉が開くと、グリアーソンと、その後ろに控える近衛兵数人が一斉に敬礼する。

「一味は四人でした。全て捕らえましたが、いかがいたしましょう?」

「ギャルヴィン監獄に連れていくように。ひとりひとり、離れた独房に入れること。自殺などが起きないよう絶対に目を離すな。この者たちが囚《とら》われているのは極秘にして、私以外の者がかぎつけて会見を求めてきたら、グルだと思ってそいつも捕らえよ」

ブルーノの真剣な表情にアデルは息を呑んだ。

「はっ」と近衛兵たちが一斉に答えたとき、アデルは、グリアーソンの斜め後ろに見慣れた顔を見つける。

「ライオネル!　どうしてここに?」

「王宮から修道院に向かうにあたり、公爵閣下が指名してくださったんです。ですが、こんな事件が起こるなんて思ってもおりませんでした」

「君を連れてきたのは我ながら英断だ。大修道院の中を熟知しているからな。近衛隊がすぐに女子修道院に入ることができた」

「もったいないお言葉、光栄に存じます」

ライオネルが敬礼した。

アデルはブルーノに耳打ちする。

「もう嫉妬しないのね」

「この間の話を聞いて、彼を信用することにした。君のことを大切に思っているのがわかったからな」

「ブルーノ……」

とうとうライオネルのことを認めてくれて、アデルはうれしく思う。

「国王はまだ停車場におられるのかな?」

「はい。まだ馬車の中にいらっしゃいます」

近衛隊長が答えると、ブルーノは片眉を上げた。

「では、邪魔しに行くとするか」


停車場にあったのは、国王専用のきらびやかな馬車ではなく、中級貴族が乗るような質素なものだった。

国王が来たと、グローリアに悟られないように配慮したそうだ。

「陛下、今、入っても大丈夫ですか？」

急に馬車がガタガタッと揺れ、しばらくしてから「いいですよ」というマーティンの声が聞こえてきた。

これでは、アデルたちは本当に邪魔者である。

馬車の周りは人払いされていて、少し離れたところから、御者や近衛兵たちが馬車を見守っていた。

ブルーノは、アデルを片腕で抱き上げたまま自ら馬車の扉を開け、まず、アデルを座らせると、そのあと乗り込んで腰を下ろした。

向かいに座るマーティンもグローリアも頬に涙の跡があり、赤ちゃんを抱くマーティンの瞳は慈愛に満ちていた。

——もうしばらく、ふたりきりにさせてあげられないものかしら。

案の定、ブルーノがこんなことを言って、感動の再会をぶち壊してくる。

「国王陛下がずっと、グローリアのことが忘れられなかったため、我が国は王太子不在という由々《ゆゆ》しき事態に陥っていましてね」

「ブルーノ、今そんなことを言わなくてもいいだろう？」

温厚な国王とはいえ愛する女性を守るために抗議してきた。

「陛下、少しだけお許しください。グローリア、あなたのモットーは『真の愛とは相手の幸せを祈ること』だと、妻から聞きました。だが、あなたがいなくなることで陛下は明らかに不幸になっていた。これについては、いかがお考えですか？」

これでは尋問だ。アデルは黙っていられなくなる。

「ブルーノ、違うの、グローリアは陛下のために」

アデルが言いかけたところで、グローリアに制止される。

「アデル、いいんです。公爵閣下、陛下がこの一年、不幸になっていたのだとしたら、恐れ多くも陛下が私を愛してくださっていたということですよね？　ですが、愛情を感じたからこそ、私は怖くなったのです。お恥ずかしい話ですが、私の父が破産してしまって。きっとそれを言っても陛下は私との結婚をやめようとなさらないでしょう？　王女との縁談もあったと聞きます。私のために国王としての評判を落としてほしくなかったんです」

——グローリア、まるで私みたい。

自分を娶ったことで評判を落としかねないのに、結婚を押し切られたことで、せめて役に立ちたいともがいていた。

「王女との縁談？」

マーティンがいぶかしむように言ってブルーノを見る。

「昨年、王女がいらしたのは、エベール王国側としては、お見合いの意味もあったようですが、何も同盟は国王と王女という組み合わせとは限りません。これは国家機密ですが、明かしていいですよね、陛下？」

「ああ。そこからは私が言おう。私の妹と王太子との縁談を秘密裡《ひみつり》に進めているから、気にしなくていいんだ」

「まぁ……そうでしたの。それは……よかったですわ」

グローリアは、このことが相当気になっていたようで、放心したようにつぶやいた。

「その王女との縁談という、ありもしないことをあなたに伝えたのはどなたです？」

「……ポッティンジャー侯爵令嬢ディアドラです」

「やはりね。ちなみにお父上が破産まで追い込まれたのは、ディアドラの父親の仕業です」

――ポッティンジャー侯爵家の陰謀だったってこと？

「どういうことだ？」

マーティンも初耳だったらしい。

「あの父娘にはめられたんですよ」

「もしそうなら……ディアドラは、なぜ私に親切にしてくださったのでしょうか？」

グローリアに問われ、ブルーノが答える。

「野心家な彼女は王妃になりたかったんですよ。あなたは邪魔者でしかない。ただ、あなたが国王に気に入られているから、仲のいいふりをして後釜を狙っていました。彼女の誤算は国王がいよいよ頑《かたく》なになって、結婚どころか誰とも踊らなくなったことですね」

グローリアがしばらく何か考えた様子になってから、マーティンを見上げる。

「陛下のお気持ち、とても光栄に存じますわ。もしおいやじゃなかったら、私を妾《めかけ》か乳母として、おそばに置いていただけませんでしょうか」

「何を言っているんだ？　私は君と結婚して、この子を王太子にしないと幸せになれない」

「でも、一年前でさえふさわしくなかったのに、子持ちの私が王妃になれるわけがないでしょう？」

「一年前だって、今だって、君は……私の唯一の妻だ。自分が王妃になることより、私の幸せを思って身を引いた君以上に妻にふさわしい女性がいるわけがないだろう？」

マーティンが〝妃〟ではなく、〝妻〟という言葉を使った。思いつめたような表情でグローリアを見つめている。

見かねたブルーノがふたりの話に割って入る。

「グローリア、待ってください。このままでは陛下が王位を捨てかねない。私はあなたを捜しながら、国民から祝福される方法を考えていました。お父上の破産は陰謀によるものです。僭《せん》越《えつ》ながら私が出資し、新たに始めていただいた事業が軌道に乗っています。五年後には倍にして返していただく予定です。そして、陛下、確か、結婚証明書は、あとはグローリアがサインするだけ、というところまで来ていましたよね？」

「ああ、そうだ。失踪されたあと、見せただろう？」

「拝見したところ、この大修道院が発行した正式なものでした。昨年の、妊娠前の日付です。ここで極秘結婚したことにしたらいいではありませんか。司教とも懇意にしているし、この大修道院に多額の寄付をしているので、なんとかなります」

マーティンがグローリアの手を取り見つめ合う。

「改めて結婚してくれるね？」

「わ……私でよろしければ……」

グローリアの瞳から涙があふれ、アデルもつられて涙ぐんでしまう。

――これからは私も、ちゃんとブルーノの愛を信じよう。

そう思ってブルーノを見上げたら、今までにない邪悪な笑みを浮かべていた。

――どうしたらこの表情になるわけ？

ブルーノが耳打ちしてくる。

「これで君に不快な思いをさせた、ディアドラ、コンラッド、ヒューバードを一気に潰せる」

――目的はそっちなの!?

「私は後始末があるので、ここで失礼します。アデルはライオネルといっしょに公爵邸《うち》に戻っていてくれ」

「……いいの？」

「ああ。ライオネルほど信用できる男はいないからな」

「ありがとう。でも、ブルーノ、無茶《むちゃ》しないでね？」

ブルーノが再び耳打ちしてくる。

「一刻も早く戻って君といちゃつかないといけないからね」


ブルーノは、父親を亡くして以来、ずっとこのときを待っていた。

いつか伯父ヒューバードが尻尾《しっぽ》を出す日を――。

だが、ブルーノの誤算はアデルが危険にさらされたことだ。

父に続けて、妻も失うところだった。自分の愛する者を愚弄してきたあの父子には恐怖を味合わせないと気が済まない。

このときのために、ブルーノは長年準備してきた。

エイヴァリー公爵邸に密偵を何人も潜伏させて、警備状況を徹底的に調べ上げ、その情報をもとに、ヒューバードの居室に、秘密裡に潜入できるよう警察の特殊部隊を訓練させてきたのだ。

広大で金ぴかなエイヴァリー公爵邸の中でも、最も黄金の装飾が多用されている当主の居室で、ヒューバードは息子のコンラッドとワイングラスを傾けていた。

「コンラッドの行動の早さには頭が下がるな。ブルーノの手先に見せかけた流れ者に赤子を始末させたあと、そいつらも始末するんだろう？」

「もちろんですよ。あいつら大金を払う相手にすぐなびきますからね。情報を漏らされかねません。報酬を渡すからと呼び寄せたところで始末します」

「そうしてくれ。だが、それだけでは駄目だ。子に何かあると母親が騒ぎ出す」

目敏いブルーノにいつ勘づかれるともしれない。

宰相だけやっていればいいものの、警察大臣の地位まで手に入れた甥《ブルーノ》のせいで、ヒューバードは様々なことを思い通りに進められなくなっている。

「むしろ母親をあぶり出すためですよ。そろそろ母子ともども始末したという連絡が来るころでしょう」

「さすが我が息子、ぬかりがないな」

「グローリアはいい女だったんで、少し残念ですがね」

「全く女好きのおまえには困ったものだな。浮気はばれないように頼むぞ。ポッティンジャー侯爵は味方にしておきたいからな」

「下手に貴族女とつきあうと、侯爵に知られるので、玄人しか相手にしていません」

「明後日にはディアドラとの婚約発表か。その前に、おまえを脅かしかねない存在を教えてくれるなんて、幸運の女神だな」

「むしろディアドラが殺してほしそうでしたから、私は彼女の願いを叶えただけです。これで一蓮托生《いちれんたくしょう》。一生、ディアドラは私を裏切れなくなりました」

「つまり、ポッティンジャー侯爵は、我がエイヴァリー公爵家を一生支えざるをえなくなるというわけか。……我々の洋々たる前途に乾杯」

ヒューバードが杯を持ち上げると、コンラッドも掲げた。

そのとき、扉が開き、銀髪の大男が入ってくる。

「ブルーノ！」

回廊側の前室ならまだしも、ここは当主の居室の奥まったところにある部屋だ。ここに突然ブルーノが現れるとはどういうことか。

今の会話を聞かれた可能性がある。

だが、こういうときは、敢えて堂々としておかねばならない。

「ブルーノ、ノックもせずに失礼ではないか」

不服そうに言うと、ブルーノが半眼になって肩をすくめた。

いちいち気に障る所作をする男だ。

「興味深いお話をされていたので、ノックするのを忘れてしまいました」

聞こえていたようだが、しらばっくれるしかない。

「そうか。明後日の婚約発表の話がそんなに興味深かったか。ブルーノも参加の返事をくれていたな？」

「ええ。私は参加しますが、残念ながら伯父上は、ご参加できないようです」

「どういう意味だ？」

するとブルーノが背後に目配せした。

警察長官が出てくる。

「エイヴァリー公爵閣下、ならびにご令息を、反逆罪で逮捕いたします」

「は、反逆罪？　なんのことだ？」

「もう少しマシな殺し屋を雇うべきでしたね。キースリー大修道院で王妃と王太子を襲ったチンピラを捕まえたら、コンラッドの命《めい》を受けて来ただけだと、あっさり命乞いしてきましたよ」

コンラッドが声を張り上げる。

「王妃？　王太子？　マーティンがいつ結婚したっていうんです⁉」

「一年前、結婚していましてね。あなた方に王太子の命を狙われてはかなわないので極秘にしておりました」

国王は、ブルーノにグローリアを捜させていたのではなかったのか。

「グローリアの失踪が仕組まれたものだったとでも⁉」

ブルーノがハハッと笑った。この男は、父親を亡くしたときから、こういう表面上の笑みしか見せなくなった。

「おや、ちゃんと王妃がどなたなのか把握してらっしゃるようで話が早いですね」

「我々が殺すよう命じたなどと、誰が信じるものか」

「そんなこともあろうかと、この方にいらしていただきました」

扉の向こうから国王マーティンが現れる。いつも温厚な彼の瞳は怒りに燃えていた。


マーティンは、危険だと止めるブルーノを押し切ってここまで来たのだ。

ヒューバードはさすがにショックを受けた様子だったが、開き直ったように笑う。

「マーティンを連れてくるなんて脇が甘いな！　ふたりとも、ここから生きて出られると思うなよ！」

今度は、国王と宰相まで殺す気か。

「衛兵を全部押さえないとここまで侵入できないって、そこまで頭が回らないものですかね？　本当に、マーティンより王位継承権が下で助かりましたよ」

「伯父上、本来、我々は王族として助け合わなければならなかったのに……」

マーティンの唇が怒りのあまりわなないている。

「次男というだけで、権力から遠ざけられる私の気持ちがおまえにわかるか⁉」

父ヒューバードの叫びに、さっきから黙り込んでいたコンラッドが加勢する。

「王位を狙っているのはブルーノなんです！　私たちが王位継承権を失ったら、ブルーノの継承順位が二位に上がるじゃありませんか！　陛下、彼にお気をつけください。そのうち、我々のように陥れられますよ」

――どの口でそんなことが言えるのか。

「本当に、あなたたちは、いつも自分の利益のことばかり！　この国をよくしようとかそういう気持ちがこれっぽっちもありません。先の戦で、戦況を悪くしたのは元帥である伯父上なのに仮病を使って兵を投げ出した挙句、父に尻ぬぐいをさせた。今度は、王太子暗殺未遂がばれて、私が王位を狙っているなんて……。あなたが元帥のままだったら、この国は滅びていたので、逃げ帰ってくれたことに今となっては感謝しかありませんよ」

「元帥……？　これは……復讐《ふくしゅう》か？」

ヒューバードが呻くように問うてくる。

「復讐されるようなことをした自覚があったんですね。父は実質、あなたに殺されたようなものです。でも、そんな過去のことはどうでもいい。これからどうすれば皆が幸せになれるかが大事ですから」

――私は愛する者たちを守る。

ブルーノはもう、父を死なせたときのような非力な青年ではない。

彼は背後の特殊部隊に目をやる。特殊部隊といっても、この邸の中で侍従や召使いとして暮らしていたので、一見、そうは見えないだろう。

「明後日まで、政変があったことは誰にも悟られないよう、エイヴァリー公爵父子は、奥の寝室に軟禁しておくように」

「何を企《たくら》んでいるんだ？　ポッティンジャー侯爵が黙っていると思うなよ」

ヒューバードの脅しに何も反応することなく、ブルーノはマーティンとともに、その場を離れた。

それから翌々日の王宮舞踏会まで、エイヴァリー公爵邸には厳戒態勢が敷かれ、ブルーノはここに滞在した。

――新妻をひとり自邸に残して……なんということだ！

そんな嘆きが心にないと言えば嘘になる。

だが、短剣を持った男に羽交い絞めにされているアデルを思い出すたびに、怒りよりも、恐怖がブルーノを襲う。

この世で最も大切な人を失う恐怖だ。

この恐怖から逃れるために、アデルとの幸せな日々を築くために、敵となる人間を根こそぎ排除せねばならない。

エイヴァリー公爵親子は病に伏せっていることにして、誰にも会わせなかった。実際はベッドの周りを衛兵が囲んでいて、部屋どころかベッドから出られないでいる。

声を上げたら殺すと脅すことで、おとなしくさせていた。だが口だけだ。本当のところは、殺すことなどできない。

本来なら死刑になってもおかしくない大罪だが、王族だから死刑は免れるのだ。

計画の遂行にあたり、最も気を使わねばならない相手はポッティンジャー侯爵とその令嬢、ディアドラである。

婚約発表の前日に何も連絡がないのもおかしいので、コンラッドに『修道院のことはうまくいった。明日の婚約発表を楽しみにしている』というディアドラ宛ての手紙を書かせた。

舞踏会当日、ディアドラを迎えに行くエイヴァリー公爵家の馬車にはもちろん、コンラッドは乗っていない。急用ができたので舞踏広間の控室で落ち合うという設定にしてある。

三百余年の歴史を持つポッティンジャー侯爵家の栄光が今、幕を閉じようとしていた。

そんな夫の企みも知らず、アデルは近衛兵の礼服でばっちり決めたライオネルとともに舞踏広間に入る。

修道院で起こった事件は口外しないように言われているが、それにしても、コンラッドとディアドラの婚約発表が中止になっていないなんて、おかしな話だ。

――相手が王族となると、いくら国王陛下や公爵でも手出しができないのかしら？

そのとき、国王の玉座がある一角に、ブルーノとディアドラが現れたものだから、アデルは驚く。

――まるでディアドラがブルーノと婚約するみたいじゃない。

アデルは心中、穏やかではない。

――きっと事情があるんだわ……！

楽団が曲を奏でるのをやめた。事前にそういう段取りになっているようだ。

必然、貴族たちの視線はブルーノとディアドラに注がれる。

「皆様、ようこそお集まりくださいました。本日は警察大臣としてお話しさせていただきます。まず、皆様にお伝えしたいのが、エイヴァリー公爵令息と、こちらポッティンジャー侯爵令嬢の婚約発表が中止になったことです」

会場で、誰よりも驚いているのが当事者であるディアドラというのはどういうことか。

ディアドラが抗議するような眼差しをブルーノに向けたが、彼は彼女を見ようともせず、貴族たちのほうに顔を向けたまま言葉を継いだ。

「というのも、エイヴァリー公爵とその令息が反逆罪で捕われたからです」

貴族たちの間からざわめきが起こる。

「な……なんですって？　それなら、なぜ私をここに連れていらしたのです⁉」

ディアドラからまくし立てられても、相変わらずブルーノの視線は前を向いたままだ。

「彼らの罪は、王妃と王太子の暗殺です。元より彼らが王位を狙っていると知って、国王陛下は昨年、極秘結婚したあとも、ずっと修道院に王妃とその御子《みこ》を隠していましたが、一昨日、そこに、エイヴァリー公爵親子が刺客を放ったのです。それで、ようやく逮捕にいたりました。その潜伏先を教え、殺害を教唆《きょうさ》したのが、こちらのポッティンジャー侯爵令嬢です」

「な……なんですって？　皆様、お信じにならないでくださいまし。そもそも我が国に王妃なんていらっしゃいませんでしょう？」

ディアドラの悲痛な声が響く中、ポッティンジャー侯爵が人の波をかき分けて彼女のほうに向かっていた。

ブルーノは話を続ける。

「逮捕したことで、ようやく身の安全を確保できました。今こそ、王妃陛下をご紹介しましょう」

ブルーノの横にある、国王専用の扉を侍従がふたりがかりで恭しく開けると、まず国王が姿を現し、さらにはティアラを戴《いただ》いたグローリアがうつむきがちに国王に続く。

失踪していた令嬢が出てきたものだから、皆、度肝を抜かれていた。

「おふたりは一年前、キースリー大修道院で極秘裏に結婚式を済まし、二ヶ月前に王太子が生まれています」

　おおーと、再び驚きの声が上がった。

「つまり、我が国は王妃と王太子を一気に手に入れたというわけです。ようやく新たな時代の幕が開きます。皆様、これを祝って踊ろうではありませんか」

「待て。私の娘にまで言いがかりをつけよって！　潜伏先など、ディアドラが知るわけがないだろう！」

　ポッティンジャー侯爵が、すごい剣幕《けんまく》で声を荒げた。

「侯爵、娘を思う気持ちは買いますけど、では、あなたはどうなんです？　国王のお気に入りであるグローリアのローレンソン男爵家の事業を潰すために行った様々な工作の証拠が上がっているので、今度お見せしましょうか？」

　侯爵が黙り込んだ。

　ブルーノは侯爵を一瞥するに留め、すぐに貴族たちのほうに向き直った。

「そんな様々な障害を乗り越え、愛を育み、こうして皆様にお目見えできた国王ご夫妻に、まずは踊っていただこうではありませんか」

　どこからともなく拍手が起こり、それは大きな奔流となる。

　楽団がワルツを奏で始めた。

ここにいる貴族たちが、ふたりのダンスを見るのは一年以上ぶりで、アデルは初めてだ。大勢の貴族たちに囲まれているのに、世界にまるでふたりしかいないようだった。ともにいられる幸せを噛みしめるようにステップを踏む。

グローリアの瞳に浮かぶ涙を見ていたら、アデルまで目頭が熱くなってきた。

ハンカチーフで目を押さえていたら、肩にぽんっと手を置かれた。

見上げれば、ブルーノが微笑みかけてくれる。

アデルは彼の躰にもたれ、幸せな気持ちでふたりのダンスを見ていた。

第九章　今まで手加減していたんですか？

「初夜以来、お預けだったが、今日はもう手加減しないよ」

王宮舞踏会から戻るなり、寝室でブルーノがコートを脱いでリネンのシャツ一枚になる。

アデルは髪飾りを外され、金髪がぱさりと広がった。

「て、手加減？」

ドレスの上からいきなり股ぐらをつかまれ、アデルは思わず「あっ」と目を瞑った。彼がそこを撫でるようにさすってくるものだから、身悶《みもだ》えしてしまう。

「もう痛くないんだろう？」

ブルーノは初夜でも痛みを気にしていた。結婚前も、馴らすとか言って最後までしようとしなかった。

——自分の欲望は後回しで——。

そう思うと、アデルの中で『好き』という気持ちが噴水のように湧き上がってくる。

「ブルーノ、私、あなたのこと……愛しています」

アデルが抱きつくと、「私もだ……」と抱きしめ返される。

きっと、愛と欲望は違っていて、だから、ブルーノの心の声は聞こえないのだ。

──この能力《ギフト》があってよかったわ。

誰が自分を性的対象としてしか見ていないのか、愛情をかける人間《ひと》として見てくれているのかがわかった。そういう意味では、やはり、悪魔ではなく、神が授けてくれた能力なのかもしれない。

「アデル……今、ほかのことを考えていたね？」

ブルーノが罰するように、耳を齧《かじ》ってくる。

だが、それすらも快感に変わってしまう。

「……ブルーノとの今までのことを考えていたんです」

「そうか。ここまで……長かった」

──長い？

アデルはこの春、社交界デビューしたばかりだ。社交シーズンが終わる前に結婚するなんて最短と言ってもいいのではなかろうか。

「私たち修道院で偶然会ってから、まだ……三、四ヶ月……んっ」

いきなり壁に押しつけられ、深いキスをされた。ブルーノが舌でアデルの口内をまさぐりながら、ドレスの上から胸のふくらみを揉んでくる。

「……んっ……ふぅ……」

しかも、もう片方の手で背後のホックを外し始めた。

唇が離れたと思ったら、ドレスをめくり上げられ、頭から外される。

「あぁ……今日こそは、じっくり君を見て、体中を堪能して……」

いつも凛々しい表情を崩さない彼が、酩酊したような瞳で悩ましげにこう言ってきた。

こんな顔を見せられたら、アデルまで昂ってしまう。

しかも彼が背後に回した手でコルセットの紐をゆるめてくる。

そのもぞもぞする動きに感じてしまい、アデルはすがるように彼のシャツをつかんだ。

「あ……ブ、ブルーノ……大好きぃ」

「アデル……愛している。ずっとこのときを待っていた」

そう言って、ブルーノがコルセットごとシュミーズをがっと一気に下げて床に落としたときのことだった。

【あぁ、やっとじっくり見られた。見たら最後、自制が利《き》かなくなると思って、なるべく見ないようにしてきたかいがあったというものだ。蠟燭の炎を受けて淫靡に浮かび上がるこの、つんと張り出した乳房のなんと美しいことか。この頂点に接吻《せっぷん》せずにはいられない】

この間、一秒。

——さすが宰相、頭の回転が速いのね。

そう感心してから、アデルは驚きのあまり叫びそうになる。

――今の、ブルーノの欲望の声じゃなくなくなくなーい⁉

そのとき、胸の芯に快感が奔《はし》った。彼がアデルの前でひざまずいて、乳暈を口に含み、強く吸ってきたのだ。さっき聞いた欲望通りの行為である。

「んっ……ぁあ！」

しかも、もう片方の乳房を手で揉みしだいてくる。

【この吸いつくような肌ざわり……触《ふ》れずにはいられない。だが、自分だけ愉しんでいては、それは怠慢というものだ。アデルはこの頂をいじられるのが好きだからな。まだ敏感になる前だから、ちょっと痛いぐらいがいい】

乳首の先をきゅっと強く摘ままれ、つねるようによじられた。

「ん……ふぅ」と、アデルはまんまと反応してしまう。

胸の先から全身に快楽が飛び火していくようだ。

ブルーノの思《おも》う壺《つぼ》といえば、そうなのだが、ブルーノは自身の快楽より、今までの〝調査〟をもとに、アデルの快楽を優先しようとしてくれている。

そう思うと、アデルはますます感じてしまい、躰をびくびくと震わせた。

【咥えた乳暈を通して震えが伝わってきてたまらないな。アデルは普段は媚びたところが全くなくて、それで高慢だとか言う輩《やから》もいたようだが、あいつらはアデルのよさが全くわかっていない。いや、正直、一生わかってほしくないのだが。アデルは私に触れられたとたん、こんなにも艶めき、淫らになってくれるんだ。これを知っているのが自分だけだと思うとゾクゾクする】

今までいろんな男性の欲望を聞いてきたアデルだが、決壊したように欲望がなだれ出るケースは初めてだった。

——きっと今まで欲望を抑えつけてくれていたのね。

【もう張りがはち切れそうだ】

乳首を舐め転がし、指でいじられているときにこんな欲望を聞かされ、アデルは、そのはち切れそうなもので早く自身の奥深くまで埋め尽くしてほしいような衝動に駆られる。

「ブルーノ、いいの、もう……来て」

アデルは気づけばそうつぶやき、胸元にあるブルーノの銀髪をくしゃくしゃとしていた。

彼が胸から唇を離し、立ち上がる。

【涙ぐんで艶っぽい目をして……。アデルは私に愛撫されると、すぐこんなふうに蕩けてしまうんだ。そんな媚態を見せられたら、今すぐ君の中に入り込みたくなってしまうだろう?】

「まだ早い」

言っていることと思っていることが違う。なぜ入り込もうとしないのか。

「……どうして?」

「もっと、ほぐしてからだ」

ブルーノが少し屈んで手を伸ばし、ドロワーズの隙間から指を侵入させてきた。くちゅくちゅと指先を出し入れしてくる。

「んっ……ぁあ」

アデルが脚に力が入らなくなってくると、ブルーノが腕を背に回して支えてくれた。その拍子に、指がぐっと奥までのめり込んだ。

「ふぁっ……ぁあん！」

【感じたとき、アデルが目をぎゅっと瞑って口を開けるのがたまらないな。……しかも、秘所からこんなに涎を流して私を欲しがって……】

「もう限界だ」

アデルが宙に浮かんだと思ったら、躰を持ち上げられていた。

彼が立ったまま、左右の腕それぞれで膝裏を支え、そのまま、ぐぐっと彼の滾ったもので閉じた路《みち》を押し開いていく。

「あぁっ」

「くっ」

【アデルの中、ひくひくして……まるで私を抱きしめてくれるようだ……このまま彼女自身の動きだけを堪能していたいような気もするが……こんなに気持ちいいのに、じっとしていられるわけがないだろう!?」

アデルはブルーノに持ち上げられる。すると、剛直が半ばまで外れて蜜壁がこすれ、とてつもない愉悦がもたらされた。

「あっ……あぁ」

ぎりぎりまで引きずり出されたところで、ずんっと一気に下ろされ、ぐちゅりと水音が立つ。蜜洞も恥丘も彼に圧迫され、アデルは彼のシャツをつかんで躰をしならせた。

何度、突き上げられたことだろう。

そのたびに、アデルは宙に浮かぶようだった。

「……金髪が広がって……きれいだ」

【あぁ、アデル……脚でも私を抱きしめてくれるんだね？】

アデルはだんだん朦朧《もうろう》としてきて、どちらが彼の心の声なのか、口から発した声なのか、区別がつかなくなってくる。

「少し、後ろに倒すよ」

ブルーノにすがるアデルを引き剥がすように倒すと、ゆっくりと腰を前後させてくる。

「あ……ふぁ……あっ……んっ」

奥まで突かれるたびに、アデルは声を上げた。彼の緩慢な動きは、寄せては返す波のようにアデルを官能の海へと誘《いざな》っていく。

【この体勢だと顔も乳房の揺れも見られてたまらないな。しかも、私を引きとめるかのように締めつけが頻繁になってきているじゃないか】

その声が頭に響き、アデルが薄目を開けると、そこには、過ぎたる快感に耐えるように双眸を細めた彼の顔があった。

アデルを達《い》かせているときでさえも、凛々しい表情を崩さなかったのに――。

「アデル……！」

彼の抽挿が加速する。

「ブルーノォ……あっ……ぁあ……気持ちいぃ……」

「アデル……私も……だ」

アデルは快楽の奔流に呑み込まれ、何も聞こえない境地へと流れ着いた。

【陽の光の中のアデル……輝くようだよ……。白く円い乳房の頂点に咲くピンク色の小さな蕾……なんて愛らしい】

胸の先に快楽が迸《ほとばし》って、アデルは目を覚ました。

黄金の天蓋から下がるドレープの隙間から明るい光が入ってきている。

自身の躰を見下ろせば、真っ裸で仰向けになっていて、これまた真っ裸のブルーノが彼女の躰の両脇に手を突き、見つめてきていた。

「おはよう」

ブルーノがアデルの唇に唇を重ねる。顔の角度を変えて何度もくちづけしながら、アデルの乳首の先を、何か繊細な細工ものでも触るかのように、指先でそっと撫でてくる。

そんなわずかな接触なのに、アデルは妙に感じてしまい、びくんと大きく腰を跳ねさせた。

「アデル、今、なぜ敏感になっているのかわかる？」

【悪いけれど、君が寝ている間に体中をまさぐり、舐め尽くした。ピンク色に輝く乳首がピンと立ち、君の太ももが蜜にまみれているのはそのせいだ。眠っていても感じるなんて、夢の中でも私に抱かれていたんじゃないのか】

心が読めるからわかる、と言うわけにもいかず、アデルは「どうして？」と、とぼけてみた。

「調査させてもらっていた」

真顔で言われて、アデルは可笑《おか》しくなってしまう。

彼は欲望を抑えているときに限って凛々しい表情になるのだ。

――今まで、男の人の欲望が気持ち悪くて仕方なかったけど……。

「成果が楽しみですわ」

アデルは真上にあるブルーノの顔を見つめ、彼の首を掻き抱く。

【小さな可愛い手の感触がたまらないな。じかも今、乳房が揺れた……】

ブルーノが陶然とした瞳を向けてくる。

キリッとした彼も魅力的だったが、やはり自分を欲してくれる表情は格別だ。好きな人に欲情してもらえるのが、こんなにうれしいことだとは思わなかった。

――私まで欲情しちゃう。

「ねえ、ぎゅっとしてくださらない？　裸で直にブルーノを感じたいんです」

「服を着て抱き合うのとは全然違うからな」

ブルーノがアデルを抱き上げて仰向けになった。アデルがブルーノにしなだれかかると、背に腕を回され、抱きしめられる。

彼の胸板に乳房を押しつけるような体勢で、ただでさえ敏感になっている胸の芯に甘い疼きが訪れる。眩暈《めまい》がするような快感が体中を駆け巡り、アデルは彼の躰の上で身をよじった。

【この動き……たまらないな。やわらかい胸と、その中心にある蕾が直接肌にぐりぐりと押しつけられる……】

そのとき、硬いものが太ももに食い込んだ。彼の雄が屹立している。

いつも、彼は自身の欲望は二の次で、ひたすらアデルを悦ばせることに専心していた。その彼自身が感じたら一体どんな欲望を聞かせてもらえるのだろう。

アデルは彼の微《かす》かな乳首をそっと舐め上げる。その瞬間、わずかだが彼の躰全体がびくんと反応した。彼と肌が密着しているからこそわかる変化だ。

ちろちろと彼の小さな突起を舐めながら、もうひとつの突起を指先でぐりぐりと押してみた。

【私にされて気持ちよかったことをしているんだな……。胸の先を舐められるのもいいが、むしろアデルが赤い舌を出す姿のほうがそそられる。しかも舐めるときに躰が動いて、乳房の頂で胸板を撫でられるような事態になっているんだが……。躰が下向きになると胸のふくらみが余計に大きくなって、正直、最高だ】

そのとき太ももに当たる硬いものが気になり、アデルはそっとつかんだ。彼の性をいじったのはこれが初めてだ。

アデルはその形の全貌を把握すべく、下から上まで撫で上げる。すると窪《くぼ》みに当たった。そこを指でなぞってみる。

【快ァ★愛◆纏上↑激□楽≧愉】

解読不能な声と同時に手首をつかまれた。

「アデル……私をここまで追いつめるとはな？」

彼の目が据わっていた。

――悦ばせようとしてやったのに……なぜ？

意外な反応にアデルが目を瞬かせていると、仰向けのブルーノの上で裏返しにされて、仰向けになっていた。

「これで私に悪戯《いたずら》できないだろう？」

「悪戯じゃないです。気持ちよくしたいって思って……」

――やっと、ブルーノが私に欲情してくれたんだもの。

「わかってるよ……。だけど、私も同じことを考えていてね？」

ブルーノが背後から、アデルの双つの乳房をつかんで盛り上げるように揉んできたかと思うと、今度は指先で乳首を弾いてくる。

「あっ……気持ちぃ……ブルーノ……」

アデルは腰を左右によじって、なんとか快感を逃がす。

【さっきは胸を押しつけられ、今度は尻って……！　どこもかしこも、やわらかくて、弾力があって……！】

そのとき、アデルの太ももの間で、脈打つものがそそり立った。

それだけで感じてしまい、アデルは太ももを彼の怒張にすりつける。


「く……そんなことされたら……」

太ももで性をしごかれていくうちに爆ぜそうになり、ブルーノは慌ててその体勢のまま横向きになる。自ずとアデルも横寝になった。

ブルーノは少し躰を退《ひ》き、背後からずぶずぶと膣道に熱塊を呑み込ませた。

「あっ」と、アデルが小さく叫んで、シーツをつかんだ。ブルーノはアデルの胸の先を指でよじりながら、下生えにある小さな芽をぐりぐりと撫でる。

「あ……ぁあ……そこ……駄目ぇ……ブルー……ノ」

こうして何ヶ所も同時に攻められるのにアデルは弱い。同じほうを向いているので顔が見えないのが残念だが、見なくても彼女が感じているのはわかる。

白い肢体には花が咲いたように赤みが差し、ブルーノが抜き差しするたびに、じゅぶじゅぶと蜜が掻き出され、彼女の喉奥から感極まったような声が漏れ出している。

だが、ブルーノ自身はもどかしさを感じていた。もっと深いところまで潜り込んで彼女の中を自分でいっぱいにしたいのだ。

ブルーノはアデルの片脚を持ち上げると、膝立ちになって割り入り、ずんっと奥まで埋め尽くした。

「あぁ！」と、ひと際高い声で彼女が叫ぶ。それは歓喜の声だった。

――これだ……。

この角度に弱いようだ。持ち上げられた脚をびくびくと震わせている。ブルーノは再び退《ひ》いては、ぐちゅりと奥まで自身の雄を押し込む。それを何度も繰り返した。

そのたびに横寝の彼女の乳房がふるふると揺れる。

当主の寝室は白が基調で、清冽《せいれつ》な光が反射する中、剛直の付け根と秘所がぶつかる淫猥な音が立つ。

やがて彼自身を咥える襞がきゅうきゅうと締めつけてくるようになる。その頻度が上がってきた。嬌声が止まらなくなっている。

――そろそろだな。

ブルーノは彼女の脚をさらに持ち上げ、最奥までみっしりと塞いでおいて、根元を揺らして蜜口をなぶる。

アデルがびくんと背を弓なりにした。つま先まで四肢を突っ張らせてわなないたあと、躰から力が抜けていく。

小さな赤い唇を半開きにして、瞳に涙を浮かべた顔は、見たことがないくらい淫らで、ブルーノは彼女の中で精をぶちまけた。

彼はしばらく動くこともできず、荒い呼吸を繰り返してやっと、自身の竿を引き抜くことができた。そのとき襞とこすれ、それすらも強い快感をもたらしてくる。

彼女と向かい合う形で、ブルーノはドサッとベッドに身を預けた。

ブルーノはアデルを抱きしめる。汗ばんだ肌と肌が触れ合い、融《と》け合うようだ。

そのまま一日中、寝室にこもって愛し合った。幾たび、ともに境地に達したのか、ふたりにもわからないほどに――。

エピローグ

「アデル……出産から一ヵ月経った。もう……大丈夫だろう？」

妻とのセックスを半年以上我慢していたブルーノが、ベッドの中でアデルを抱き寄せた。

アデルは結婚三ヶ月目に妊娠が発覚し、先月、嫡男ハドリーを出産したばかりだ。

――新婚のころは、怒涛《どとう》の日々だったわ。

エイヴァリー公爵親子が王太子フレドリックの暗殺に失敗したその日に、ブルーノは彼らを邸に軟禁した。

その事実を隠し通して翌々日の王宮舞踏会にポッティンジャー侯爵とその令嬢をおびき寄せ、その場で社交界から抹殺すると同時に、王妃と王太子の存在を貴族たちに認めさせる。

その後、日を置かずに、ブルーノはエイヴァリー公爵親子をラウントリー城の塔の上に連行した。以後、彼らはずっとそこに幽閉されている。おそらく、一生――。

ポッティンジャー侯爵は爵位剥奪《はくだつ》のうえ、領地を没収された。その娘、ディアドラは王太子の殺人教唆で死刑が確定していたが、グローリアの歎願によって幽閉で済んでいる。

ブルーノの仕事ぶりは電光石火と評されることが多いが、このときもその手腕が遺憾なく発揮されたわけだ。

アデルと出会ったシーズンで結婚、次の社交シーズンでは嫡男が誕生したとあって、プライベートまで電光石火と評されるというおまけつきだ。

「アデル……」

彼の瞳に深い渇望が感じられた。アデルが欲しくて欲しくてたまらない、そんな瞳だ。

こんな眼差しを向けられ、アデルは久方ぶりに母性を脱ぎ去った。

そろそろブルーノの心の声が聞こえてくるだろう。

「ブルーノ……私、ずっとこのときを待っていたわ」

妊娠してからというもの、ブルーノは再び欲望を抑えるようになり、あの声が聞こえなくなっていた。

きっと、今日、堰《せき》を切ったようにあふれ出す。アデルに飢えたときの欲望の声ほど、アデルの官能を高めるものはない。

「アデル……私の女神。出産して、いよいよ君は輝かんばかりだ」

耳元で掠れた声で囁かれ、アデルは、ぞくぞくと全身を甘い痺れに包まれる。

ブルーノが我慢ならないとばかりに、寝衣のリネンの上から乳房にかぶりついてきた。

「あぁん！」

それだけで、足の先までびりびりと快感が奔《はし》り、アデルは総身を引きつらせる。

「君も私に飢えてくれていたんだね？」

「あなたも……？」

「アデル！」

ブルーノがアデルの寝衣を引き上げ、乳房をむき出しにすると、揉みしだきながら、彼女の脚の間に割り入ってくる。膝立ちでアデルに近づき、すでに滾った剛直を蜜口にあてがった。

「あぁ……ブルーノ！」

ドロワーズの股間の開《あ》きから熱杭を挿入し、その浅いところで小刻みに出し入れすると、雁首《かりくび》にかきだされた蜜がぐちゅぐちゅと卑猥な音を立てた。

この音はアデルを狂わせる。

「あ……そんなことばっかりじゃ……いやぁ」

「積極的だな……うれしいよ」

ブルーノが腰をつかんで、ずんっと一気に楔《くさび》で穿《うが》ってくる。中を探るようにゆっくりと掻き回すと、引きずり出すように半ばまで下がっては勢いよく突く。これを何度も繰り返してきた。

「あぅ……ああ！」

太ももに彼の大腿がぶつかるたびに、ぱん、ぱんと音が立つ。そのたびにアデルはシーツをつかむ手に力をこめて腰を浮かせる。

ブルーノの抽挿はいつになく荒々しかった。それだけ飢えていたということだろう。

「ふぁ……あぁ……あっ！　んんっ……うっ」

そのとき乳房の頂点を強く引っ張られ、アデルは膣内で雄を一層強く抱きしめてしまった。

「くっ」という呻きとともに中で温かな精が弾ける。

ブルーノが抜き取ると、ごぷりと蜜が零れ出た。

彼が胎内に残した愛の蜜に酔いしれながら、アデルは目を閉じた。

ブルーノのことだ。きっと半年分だとか言って、新婚のときのように日夜、求めてくるようになるだろう。

アデルだって彼が欲しい。何度だって、もっと、もっと――。

「アデル……」

ブルーノがアデルを抱き寄せ、悲願が叶ったような切ない瞳を向けてきたとき、アデルは気づいた。

――心の声が全然聞こえなかったわ！

彼が今、欲望を抑えつける理由はない。

――もしかして私を母親としか見られなくなったの？

だが、ブルーノの雄は今、再び硬さを取り戻し、アデルの太ももを圧しているし、何より彼の瞳には劣情が宿っている。

どう見ても、母親を見る目ではない。

そのとき初めて、アデルは能力《ギフト》を失っていることに気づいた。

もともといらないと思っていた能力だが、いざなくなってみるといい面もあったように思う。誰を警戒すればいいのかが自ずとわかったし、愛する男が自分に欲情する声を聞けるなんて至福でしかなかった。

「あら。ぐずってるわ。おねむかしら」

母が、アデルの腕の中にいるハドリーの顔をのぞきこんでくる。

ハドリーの首が据わったので、アデルは今、息子を見せに、実家を訪れていた。客間の長椅子に座るアデルの左右に父母が腰を下ろし、ハドリーを見つめて相好《そうごう》を崩している。

侍従たちが、オーク製のベビーベッドを運び込んできた。

「こんなこともあろうかと、ベビーベッドを用意しておいたのよ」

「あら、懐かしい」

末の弟がまだ赤ちゃんで、このベッドで寝ていたときのことが思い出される。

末弟も今や十歳で、生意気な口を利《き》くようになった。

アデルはハドリーに視線を落とす。今は、か弱く泣くことしかできない赤ちゃんだが、すぐに大きくなるだろう。

——だから小さいうちに、よく見ておかないと。

母がこんなアピールをしてくる。

「うちには、赤ちゃんが過ごすためのものがなんでもあるから、毎日来てもいいわよ？」

孫が可愛くて仕方ないらしい。

それもそうだ。ハドリーの青い青い海のような瞳は父親譲りで、毎日見ているアデルでさえもうっとりしてしまうほどだ。だが、両親はアデルにも似ていると言う。

——こういうのは自分ではわからないものね。

長椅子の前にベビーベッドが置かれたので、アデルは立ち上がって、ハドリーをそっとベッドに下ろす。とたん、彼がけたたましく泣き始めた。

【いつものベッドと違う！】

「慣れたベッドがいいのね。でも、ほら、このベッド、揺れるのよ。きっと眠たくなるわ」

アデルはベッドを揺らした。

「あら、まるで赤ちゃんと会話しているみたい」

母親が目を細めて言うのを聞いて、アデルはようやく気づいた。

——これ……心の声だわ。

【抱っこして揺らしてくれるほうがいい】

ハドリーが泣きながらアデルをじっと見ている。

アデルがハドリーを抱き上げると、急に機嫌を直し、口元をゆるめた。

――やっぱりこれ……ハドリーの欲望よ！

アデルはハドリーを優しく揺らしながら、壁に掛けられた祖母の肖像画を見上げる。

エンフィールド家の誉《ほまれ》である能力者の祖母は、アデルと同じ金髪に緑の瞳だ。アデルは似ていると言われたことが何度もある。

立ち上がってハドリーの頬をつついてきた父に、アデルは問う。

「ねえ、お父様。お祖母様って、独身のとき、社交界がお好きだったかどうかご存じ？」

急に何を聞くのかと、少し驚いた様子だったが、父がこう答えた。

「いや。父と知り合うまでは舞踏会が嫌いだったそうだ。アデルと同じだな。紳士たちから人気があったのに……今思えば、こういうところも似ているな？」

「……お祖母様も、紳士たちが苦手だったのね」

「そうだな。初めて舞踏会に行った日の夜、寝込んだって……。爵位があったり嫡男だったりする紳士からも言い寄られていたのに、結局、伯爵家の当時、次男坊だった父を選んだ」

不幸にも兄が亡くなったことで祖父が伯爵家を継いだと聞いたことがある。

「お祖父様とお祖母様、とても仲がよかったの、私、覚えているわ」

「小さなアデルが公爵と結婚して、孫まで生まれたなんて知ったら、驚くだろうな」

「お祖母様が、幼児の望みを聞く能力《ギフト》に気づいたのは後年とうかがったことがあるのですが、いつごろなんです？」

「出産してからだ」

――やっぱり！

母も立ち上がって、ハドリーの笑顔を見つめた。

「それも当然よね。子どもが生まれるまで、赤ちゃんが何を考えているか知りたいなんて思わな……もしかして、アデル、あなたも？」

さすが母親。勘づいたようだ。

「……ほかの子の声も聞こえるかどうかは、まだわからないけど」

息子が生まれたら、子どもの欲望が聞こえた。独身のときは性的な欲望だった。

どちらも、そのときどきアデルが幸せになるために必要な情報だと言えるのではないだろうか。

だが、同じ欲望でも、今度は人の役に立てるかもしれない――。

アデルは再び顔を上げ、改めて祖母を見つめる。今のアデルと同じくらいの年齢だ。

――気取った紳士たちがあんなことを考えていたなんて……きっと驚かれましたよね？

今まで遠い存在だった祖母が急に、誰にも言えない秘密を共有している友のように親しく感じられたのだった。

あとがき

私はめちゃくちゃギャップに弱いです。対象が二次元でも三次元でも、老若男女問わず、人に惹かれるときは、大抵ギャップから入ります。

必然、私が書くヒーローもまた、ギャップのあるキャラクターになることが多いです。

例えば、女嫌いの鉄面王と言われるぐらいコワモテなのに、心の中は妻への愛でいっぱい（蜜猫文庫『女嫌いの国王は、花嫁が好きすぎて溺愛の仕方がわかりません』）とか、少年なのに心は老成しているとか、そういうのです。

ただ今回は、ヒーローがヒロインにギャップ萌えです。

色っぽいけど高慢と思っていた乙女が、着ぐるみの中から現れたら……萌え〜！　みたいな。

モテすぎる人って、きれいとか性格がいいとかぐらいでは恋に落ちないようなイメージがあって、こうなりました。

ですが今、読み返してみて、このヒーロー自身もギャップがあるような？　と思いました。

そこら辺のご判断は読者さまに委ねたいと思います。

ところで、社交界に同性の友人がいなかったアデルですが、唯一の女友だちであるグローリア（クリスティーナ）が王妃になったということで、お互い社交界に心強い友ができたわけです。

グローリアにとってみたら、アデルは、自分の作ったキャラクターを頼んでもないのに立体化してくれたわけで、作者冥利に尽きるというものです。

いずれ、女子修道院で、人形劇『ワンワン兄』を上演、みたいな日も来ることでしょう。

最後に！　イラスト！　素晴らしいですよね！　ヒーローは本当に幻想的な美形ですし、ヒロインは色っぽいのに可愛らしいですし、いくら感謝しても感謝しきれません！

神がかった美麗絵を描かれるＣｉｅｌ先生に、犬のキャラクターまで描いていただき、ありがたいやら申し訳ないやらですが、こういう動物キャラもすごくかわいく描かれるその幅の広さに脱帽＆それこそギャップ萌えしてしまった私です。

では、また、どこかでお会いできますように！

藍井　恵

蜜猫 Mitsuneko Label

蜜猫文庫をお買い上げいただきありがとうございます。
この作品を読んでのご意見・ご感想をお聞かせください。
あて先は下記の通りです。

〒102-0075 東京都千代田区三番町 8 番地 1 三番町東急ビル 6F
(株)竹書房　蜜猫文庫編集部
藍井恵先生 /Ciel 先生

有能宰相の公爵閣下は高慢というウワサの令嬢を溺愛しています

2022 年 10 月 28 日　初版第 1 刷発行

著　者　藍井恵　
発行者　後藤明信
発行所　株式会社竹書房
〒102-0075 東京都千代田区三番町 8 番地 1 三番町東急ビル 6F
email : info@takeshobo.co.jp
デザイン　antenna
印刷所　中央精版印刷株式会社

男をそんなに
挑発するものじゃないよ

美少女だが男勝りの伯爵令嬢ヴィヴィアンヌは、舞踏会から逃げ出して木に登っていたところを国王ジェラルドに気に入られ求婚される。貧乳を告白しても引かないジェラルドに実は男性が好きなのではという疑惑を持ちつつ結婚することになるヴィヴィアンヌ。「気持ちいいんだな？　さっきからすごい」花嫁に夢中な国王に溺愛され開花していく身体。愛し愛されて幸せな日々だが、ジェラルドが長期で辺境に遠征することになり!?

藍井 恵
Illustration サマミヤアカザ
元帥公爵に熱望されて
結婚したら、とろとろに蜜愛されたけれど
何か裏がありそうです⁉
今日は徹底的に
気持ちよくしてやろう
伯爵令嬢アメリアは、嫁き遅れて修道院に入る予定だったが、武勇で名高い元帥公爵、ランドルフに突然プロポーズされ、彼に嫁ぐことになる。地位も財産もあるランドルフに望まれる理由がわからず、困惑するアメリア。「気持ちいいと思う心はいやらしくなんかないんだよ」自己評価の低い彼女にランドルフは辛抱強く愛を教える。彼に惹かれていくアメリアだがランドルフの求婚の理由は彼女の絵の才能を見初めたためだと知り⁉

不遇の王女は
初恋の
隣国王太子に
愛されて花開く
山野辺りり
Illustration 旭炬
僕ほど一途で執念深い男は
なかなかいないよ。

不義の罪で母王妃を処刑され、血統を疑われて塔に幽閉されていたリィン。修道院へ入れると騙され、暗殺されそうになったところを隣国の王太子ロレントに救われる。彼はリィンの初恋の人だった。「僕の印を付けたんだよ。誰にも取られないように」彼女を救い出すために力を付け、優しく深く溺愛してくるロレントにリィンは改めて恋を自覚する。だが今の自分のままでは彼の隣に立てないと母の冤罪を晴らすことを決意して――!?